ediciones**carena**

EDGAR ARGENIS COLMENARES QUINTERO

CARTAS A BRUNA

EDUCAR ES COSA DEL CORAZÓN

Primera edición: abril de 2024

© Edgar Argenis Colmenares Quintero, 2024

© Ediciones Carena, 2024

Ediciones Carena
c/Alpens, 31-33
08014 Barcelona
T. 934 310 283
info@edicionescarena.com
WWW.EDICIONESCARENA.COM

Diseño de la cubierta: Natàlia Caro

Imagen de portada: Cristina Martínez Martiga

Corrección: Pilar Membrives

Depósito legal B 8328-2024

ISBN 978-84-19890-53-5

Impreso en España - Printed in Spain

A quienes trabajan cada día por trascender
y superarse en la complicidad.

La esencia de la existencia está en el foco de donde está surgiendo. Este foco es allí donde yo soy más yo. Es donde, de momento, puedo vivir y descubrir más y más mi propia identidad. De hecho no es un solo foco, sino que es un eje en el que hay un centro mental, un centro afectivo, un centro de energía.

ANTONIO BLAY

PRÓLOGO

Previo al nacimiento de Bruna ya este proceso había empezado. El contenido de estas cartas ya comenzaba a germinar desde el conocimiento de que venía una hija en camino. Nace la criatura y todo se echó a andar.

Después de años sin practicar la escritura, comencé a experimentar una nueva motivación para escribir, a la vez que empiezo a encontrar un nuevo sentido a mi vida.

Una vez iniciado el camino a través de las cartas, me logro adentrar en un mundo de experiencias como padre. Desde esta aproximación a la vida, es como encuentro un hilo conductor para relatar una serie de vivencias e inquietudes que serán clave para un posicionamiento ante una nueva realidad.

Las cartas dirigidas a mi hija son excusa y motivo de la necesidad de contar una historia. Dentro de esa historia nace una nueva identidad como sujeto. Todo se conjuga en un clima de búsqueda espiritual e intelectual emprendida desde la adolescencia.

La razón y excusa para escribir estas páginas ha sido Bruna, en ella se conjugó un punto de inflexión en mi vida. Se cierra un ciclo de búsqueda en un presente esperanzador.

Abordando reflexiones desde una óptica metafísica, antropológica y poética, se construye un relato desde la cercanía a una hija. Es en ella donde encuentro unos nuevos pasos desde donde situar, tanto los antiguos como los nuevos cimientos.

Y el resultado de esa historia es la expresión de un mundo afectivo y trascendental, el cual encuentra su lugar en una de las dimensiones más básicas y elementales de la vida, la paternidad.

Desde esta paternidad se despliega un universo de éxtasis literario a modo de sanación y entrega. En estas cartas se aprecia la necesidad de un padre por dejar una muestra de lo significa ella para mí.

Sirviéndome del sentido metafísico de la filosofía, y de la búsqueda espiritual, encuentro la manera de dar forma a todo ese mundo interior que exigía ser expresado. Y así poco a poco el proyecto fue tomando forma por sí mismo, una vez que hubo desnudez frente al espacio.

Mediante la vocación educadora del amor hacia una hija, logro dar luz a esos conceptos filosóficos, espirituales y antropológicos, que son tan evidentes en esta obra.

En las cartas podemos leer sobre la relación entre padre e hija. Es la expresión de un presente, pero donde se escribe también para un anhelado futuro. En ocasiones se puede observar cómo me dirijo a mi hija siendo una niña, pero pensándola como una mujer. Esto revela el deseo de que mi hija pueda descifrar estas cartas cuando tenga la madurez suficiente para hacerlo.

Mediante estos escritos se encuentra un sentido para entender la paternidad. El trabajo que se presenta a continuación constituye un ejercicio de años de constante crecimiento y búsqueda de la plenitud.

Son cartas en las que se testifica el descubrimiento de nuevas sensibilidades mediante la relación con Bruna. Al ver esta obra en su totalidad, se percibe el alumbramiento espiritual aconte-cido desde la paternidad. Desde ese camino se entiende el hilo conductor que va de párrafo a párrafo.

Se intuye que la manera más cercana e íntima de escribir a Bruna, era mediante el formato de cartas. Se denota la influencia que tuve al haber trabajado con la correspondencia sostenida entre Theodor Adorno y Walter Benjamin.

Mediante las cartas se establece una relación viva que crece cada día, es un relato que se construye con lo que acontece en la cotidianidad, lo cual es en sí una dedicación poética llena de afectos.

Al leer estas dedicatorias hacia una hija, perfectamente puede pensarse en la *Ética a Nicómaco* de Aristóteles, y *El Emilio* de Rousseau, aunque, en todo caso, las *Cartas a Bruna* no buscan ser un tratado filosófico o argumentativo. La aproximación es otra, más hacia lo transcendental en lugar de lo abstracto e inte-lectual, aunque es cierto que se perciben pinceladas propias de mi formación filosófica.

Indiscutible e irremediablemente me sitúo en una escritura que busca ser una guía pedagógica para mi hija, rememorando las palabras de Don Bosco «educar es cosa del corazón».

PRIMERA PARTE

AIRES DE LIBERTAD

Querida hija, cuando te empieces a dar cuenta, que la manera en cómo te encuentras no depende de que alguien haya hecho o dejado de hacer algo, entonces ya se acerca la libertad.

Cuando tu estado de ánimo ya no depende de la culpa o responsabilidad de otro ser o cosa, entonces has empezado el camino de vuelta a casa. Volver a casa llamo yo a retomar el contacto con mi arquitecto, el que construye la idea de mi identidad, y el que transforma mis cimientos.

Es fácil perderle la pista a tu arquitecto, nada más tienes que pensar que lo que experimentas depende únicamente de las condiciones externas. En un nivel relativo lo externo causa una huella en ti, pero en todo caso, depende de ti el cómo experimentar esa huella, si como dolor o como liberación.

No pretendo ser ingenuo y decir que un niño que depende de un adulto no está a merced de lo que el adulto pueda ofrecerle, pero una vez que hemos logrado una cierta independencia de los otros, entonces la evolución depende de nosotros. A partir de aquí no hay otro responsable que tú.

Hacerse responsable de uno mismo es empezar a contactar con tu arquitecto interior. Te regocijas en la aceptación de ser tu misma la que genera tu estar y tu ser, desde este punto ya no queremos huir, y entonces se puede buscar desarrollo incluso en los momentos que aparentan ser más desoladores, inciertos, o desconcertantes.

AMOR AMOR

Amor amor es amor de verdad, hija. Te contaré que cuando amas con facilidad y sin estar con la persona que amas, te das cuenta que es amor amor.

Ese amor no es dependiente, es autónomo en ti. Es un amor hacia esa persona, pero no te pertenece.

Cuando eso empieza puede ser una experiencia extraña y dolorosa, pero te acostumbras a funcionar así. Se vuelve un hábito amar de esa manera, por lo menos hasta que puedas estar con esa persona.

Creo que es una puerta a la libertad, pues ya tu experiencia de amar, se convierte en una fuente propia, no depende de algún estímulo externo. Desde como lo veo, aquí empiezas a vivir, a respirar, lo demás había sido sobrevivencia.

ARGUMENTO-DESEO

Un argumento se me asemeja mucho a una justificación, y una justificación a un hecho dialéctico.

Un argumento necesita de un componente dialéctico, y para ello comúnmente se hace uso de la negación como contrapartida de un supuesto o premisa. Es la dualidad del ser o no ser, es esto o lo otro.

Creo que la vida de una persona puede verse limitada e incluso perturbada al moverse dentro de esta dualidad. La necesidad de elección de ¨esto o lo otro¨, circunscribe al entendimiento y toda posibilidad en una doble dimensión.

En cambio, otra posibilidad sería la triple dimensión, donde usamos el ¨esto y lo otro¨. Aquí no hace falta decantarse por una u otra vertiente, sino que todo cuanto es posible, genera una triple verdad en la cual no es necesario la negación dialéctica de un contrario.

Por ello, Bruna, nuestra vida no siempre es debatida entre un argumento u otro, sino que hay cosas que nacen de una parte de nosotros, que simplemente es, esto lo llamamos intuición.

La vida no siempre es un argumento, también es un sentir. Esto no es contrario a que tenga que haber un argumento a modo racionalista-dialéctico, sino más bien donde algo se entiende o se ha llegado a madurar, desde estadios más profundos de la mente, y donde ya cierto discurso argumentativo a modo filosófico y silogístico que involucre un estadio verbal, ya no es necesario.

Tal vez un entendimiento desde el corazón, o simplemente un deseo que reconoces como algo propio a tu identidad más intrínseca, y que no necesita argumentación, pero que aun así ostenta la validez que tú has decidido darle, y la cual se ha ganado por derecho. Esto es, un deseo que manifieste bien para ti misma, y que, en su resultante último y absoluto, pueda ser de beneficio para otros seres.

De la realidad próxima y relativa, a veces no se sabe qué decir cuando tu enfoque está puesto en objetivos o deseos atemporales y trascendentes al tiempo presente, y eso está bien.

CONSCIENCIA CONSTANTE
Y CONSCIENCIA PLENA

Querida hija, he llegado a la conclusión que, en la vida, evaluar si algo es bueno o malo, puede incluso pasar a un segundo plano, o puede que hasta un tercero.

Verás, si cada día te dedicas a enfocar tu mente en lo que es, o sea, en lo que hay, te darás cuenta que bueno o malo no es más que el resultante de una interpretación de un hecho, o sea, una consecuencia de evaluar una proyección.

El ver y evaluar la consecuencia, no constituye que seamos consciente de la causa. Si vemos la mente y lo que sucede en ella, podemos ser capaces de reconocer lo que sucede.

Esto equivale a ser consciente de todo cuanto ocurre y, al hacerlo, nos percataremos de la influencia que ejercemos sobre lo que observamos. Por tanto, el resultante de lo que son las características del objeto-realidad, es inseparable del sujeto que lo percibe.

La consciencia es el antídoto a los males por los que transitamos, porque incluso en medio de la peor tormenta, veremos que somos nosotros y nosotras, quienes soplamos el viento que alimenta hasta los mares y océanos más embravecidos.

Lo bueno o malo puede que sea una receta para simplificar el entendimiento de los fenómenos que envuelven a la persona. Por medio de la moral y la ética, podemos acceder a algunas fórmulas que nos den guías de cómo organizar nuestro mundo, pero será la conciencia quien de la luz para reconocer lo que sucede.

Si tenemos consciencia constante, si evocamos la atención constante, nuestro mundo de percepción cambiará de inmediato. Puede que no aparezcan los arcoíris de inmediato, puede que incluso en esos momentos de consciencia estemos en medio de una gran tormenta, pero, la consciencia abrirá un pequeño destello de luz a lo lejos, y nos guiará a un puerto seguro.

Esta sensación de esperanza no es más que la certeza que es posible vivir un mundo interior, o inclusive un mundo exterior diferente. Esa buena sensación habrá calado en nuestro ser, nos hará abrir los pulmones y respirar un mejor aire, en el deseo de libertad de la mente es donde esta consigue su paz.

Es esa la aproximación a la consciencia plena, cuando sentimos que expandimos cada vez más los linderos de nuestra experiencia vital, sensorial y transcendental.

A esto llamo consciencia plena, un proceso continuo que se nutre de una atención constante, y que nos proyecta hacia la expansión de nuestro radio de acción y reconocimiento.

CONTRASTAR

Más allá de analizar cada palabra que te digo, me gustaría fomentar tu atención. Más allá de lo que se lee, está el ejercicio de leer. Tu presencia está en tu disposición a una tarea, indistintamente que la puedas acabar o no. Vamos más allá de la frustración. La consecución es tu atención. El autorreconocimiento es saber diferenciar entre lo que hacemos y lo que somos. Piensa en esa emoción, ¿Piensas que eres esa emoción? Si no eres esa emoción ¿Eres algo diferente de ella?

Si no eres la emoción entonces deberías ser algo aún más grande que ella, y entonces puedes manejarla. Y si no eres esa emoción entonces eres algo que está aún cuando ella no está, así que tú presencia es más duradera y relevante que su existencia, entonces tienes grandeza.

No hace falta pelear con esa emoción ni con nada, solo reconocer su lugar al lado de nuestra grandeza. Cuando no juzgas tu emoción ni la acción del mundo, nace la ecuanimidad. Aunque haya dolor causado por ti o por otros, hay una mente bondadosa que reconoce las emociones y elije el menor daño posible.

Porque siempre se trata de ti, no hay culpables que te hagan actuar, eres el arquitecto.

DE LOS QUE TE PUEDES FIAR

Desde hace días quería escribirte algo. Estoy aquí vigilando tu sueño y es un buen momento para hablarte sobre una de las cosas que me parecen de las más importantes a tener en cuenta en la vida.

No me gusta catalogar a las personas, pero es verdad que en mi experiencia de vida he aprendido sobre tipos de personas.

Supongo que hay diferentes maneras de catalogar, según la naturaleza de la cualidad que se quiera resaltar.

Hay personas que se valen de su situación ventajosa para aprovecharse de los más débiles, hay personas que luchan para que los peces gordos no se coman a los más pequeños, hay personas que simplemente observan, y hay personas fuertes y con una posición ventajosa que aprovechan su poder, sus recursos (materiales y espirituales), y también su fuerza para proteger lo que les rodea.

Antes que nada he de decirte, que la presunción de debilidad de la que te hablo no la atribuyo a ser mejor o peor, nadie es mejor que nadie, más, sí creo que hay verdaderos titanes que tienen la cualidad natural de dar protección y lo necesario a otros.

También decir que la debilidad de la que hablo, puede ser física, espiritual o psicológica. Es verdad que hay personas que se sienten bien siendo protegidas, y otras que simplemente no tienen tanta fuerza para protegerse ni siquiera a sí mismas.

El tipo de personas que usa su poder, bien sea físico, espiritual o psicológico para proteger a los demás, es un tipo de persona en quien se puede confiar. Alguien que no espera algo a cambio a la hora de actuar en beneficio.

El poder de este tipo de personas reside en la capacidad de expresar su protección, tanto de manera feroz, como en forma de amabilidad. Es en parte una mezcla de fuerza, sabiduría y compasión, necesaria para entender la situación de los demás, no hablo del tipo de compasión sentimentalista y empobrecedora.

Un protector actúa con violencia o amabilidad, su genialidad está en actuar desde la intuición, de la manera en que sea más beneficiosa para ese momento.

Esto es posible desde la expresión del amor y de la ausencia de miedo. Si no tienes miedo puedes tener el control de la situación, y ver si es mejor ser suave o rudo. En todo caso, sea suavidad o rudeza, un protector tiene que actuar desde el amor por los seres, por muy desagradable que pueda llegar a ser alguien en un momento determinado.

Esa expresión del amor de un protector es posible gracias a la ecuanimidad, pues el ver la situación con claridad, da una ventaja para poder actuar. Ese interés debe estar puesto en el deseo de que todos estén bien.

Si estamos pendiente de que las cosas estén en orden para el beneficio de todos, no nos perderemos en nuestras propias apetencias. Un protector tampoco es un santo, sabe vivir la vida del samsara, pero también aprender a parar.

La riqueza de recursos de alguien que está en ventaja, viene dado por el hecho de que tal persona ve a las demás desde la riqueza inherente que hay en cada una. Una persona rica y fuerte es quien llega a un lugar y ve las posibilidades, a la vez que intenta dar un empujón para promover las cosas buenas que hagan falta.

Un protector es un enriquecedor, alguien que usa su poder para dar ventaja a los demás, aunque eso le implique el quedarse atrás, con el fin de que nadie se quede rezagado, al menos que por estupidez la persona así lo quiera, en ese caso no hay nada que hacer.

Esto último que te digo quiero que lo tengas en especial consideración, pues un protector no es un santo ni un estúpido o estúpida. Hay que saber soltar a aquellos que una y otra vez hacen lo posible por autodestruirse, al menos que decidas dedicar un proyecto especial para dicha persona, solo tú puedes saber si te vale la pena tal esfuerzo.

Como te dije, de aquellos que se aprovechan de su ventaja no tengo nada que decir y tampoco les daré especial fuerza a su estupidez, y lo mismo digo de los que se quedan inmóviles ante el pánico. Con saber cómo son los que dan la cara por los demás, ya eso vasta.

DENTRO Y FUERA DE LA HISTORIA

Hija, cuando estamos muy metidos en la historia, a veces se nos hace difícil mirar otras dimensiones, pero, si estamos fuera nos podemos desconectar del mundo y volvernos solitarios y poco comprensibles.

Creo que una manera saludable de vivir es estando dentro de la historia, pero manteniéndonos a veces al margen. Con esto quiero decir estar dentro del entramado pero en ocasiones dándonos un poco de distancia.

Así podemos ver incluso nuestro propio rol dentro de la comedia de la vida, y ser capaces de jugar con el guion. Si estamos dentro y sin oxígeno, podemos intoxicarnos con nuestra propia historia, pero si nos salimos del funcionamiento de ésta, podemos volvernos fríos y demasiado lejanos de todo.

Una relación saludable con el discurso dentro del cual se vive, debería darnos espacio y cercanía para mirar de verdad lo que hay.

DIGNIDAD ENCRUCIJADA

Hija, habrá momentos en los que deberás proteger especialmente tu dignidad. No hablo de lo que piense tal o cual, sino de tu propia imagen.

Puedes escapar de muchas cosas, pero jamás de ti misma. Después de la resaca tendrás que seguir en tu propia compañía. O puedes seguir en una resaca tras otra, pero eso sería la muerte, la autodestrucción de tu potencial en esta vida.

La dignidad tiene un coste muy caro, pero hay que pagarlo. Siempre puedes aprender a moverte como una serpiente y ser escurridiza, es una estrategia válida para preservar la vida, pero no puede convertirse en un hábito.

Hacer frente a nuestras interacciones internas es un buen modo para empezar a trabajar con la dignidad. Primero hay que reconocerse, verse al espejo o mirar alguna cara bondadosa.

Hay niveles secretos de entendimiento de los que se hace difícil hablar, pero tampoco hace falta darle palabras si estos niveles son asumidos y vividos.

Creo que una manera de acceder a ese potencial, es teniendo una mente serena que se componga de una cabeza en calma y un corazón cálido.

En los tiempos difíciles es aún más importante mantenerse en calma y ver lo que pasa, no ser ni victima ni victimario, adentrarte en la autorresponsabilidad.

Resguardar la dignidad es mirarte en el espejo, y aunque haya manchas, ver la figura entera detrás de las humedades que se forman después de una ducha caliente. Mantenerte despierta, entera, de una pieza.

EL ÚLTIMO OBSTÁCULO

Bruna, cuando emprendes un largo camino, incluso puede que ni tu sepas si será largo o no, más, aun así, sería bueno reconocer cuando has llegado a lo que buscabas. En todo caso, te darás cuenta que no habría sido necesario ir tan lejos, sin embargo, el camino junto con sus escenas, capítulós y episodios, siempre habrá valido la pena.

El último obstáculo para saber que ya has hecho un buen camino, es un obstáculo muy sutil, nuestra propia determinación que se ha vuelto en nuestra contra, el orgullo.

Cuando emprendes algo estás decidida, tienes fuerza, coraje, ganas de luchar por lo que quieres. Esa determinación es dada por tu esencia, pero tienes que saber diferenciar entre eso que eres y eso que pareces.

Lo que pareces siempre es fácil de distinguir, más, lo que eres en esencia no es algo tan fácil de experimentar. En el mundo de las personas nos movemos de cierta manera, nos tenemos que convertir en ciertos roles para aprender a estar, y eso está bien.

El acceso a tu esencia es trabajo tuyo. Para luchar en el mundo, generamos imágenes de nosotros mismos, porque éstas son las que nos ayudan a movernos en el mundo y lograr cosas.

Piensa que cuando emprendemos un camino, es porque creemos que algo falta, y por tal motivo en tales casos solemos partir desde una imagen aparente, que nos motive a seguir un camino que creemos necesario recorrer.

Ahora bien, cuando sabes que has llegado al final de un camino, existe una última duda por resolver. Ya que te das cuenta que todo lo que necesitabas siempre estuvo contigo, te preguntas si realmente puedes confiar en aquella misma determinación que te ha conducido por un largo camino, en el cual querías encontrar algo que siempre estuvo contigo.

Has de saber que precisamente esa determinación te ha dado los regalos de los que disfrutas al final del camino. La pregunta de si fue necesario tanto esfuerzo es algo difícil de contestar, aunque creo que algo habrá valido la pena si tienes un resultado beneficioso.

Esa última duda del camino siempre es la duda por quienes somos. Nos hemos demostrado lo que somos capaces de lograr, y eso gusta mucho a nuestro orgullo, pero después de este paso queda revelar nuestra propia identidad.

Hay un momento de gran duda, al darnos cuenta que lo que logramos, no siempre es aquello que define lo que somos. Si después de saciar nuestro orgullo, el logro obtenido consiste en haber adquirido un cierto entendimiento de nuestra propia esencia, la cual es inseparable de lo que nos rodea, entonces habremos resuelto el último obstáculo.

El orgullo que siempre nos empujó, habrá pasado de su estado embrionario, a ser reconocido por nosotros como parte de nuestra fuerza vital.

ENCONTRANDO LA CONTRADICCIÓN

Querida hija, hay veces que pasamos muchos años peleándonos con ciertas cosas, y realmente es algo a lo que le dedicamos mucha energía y tiempo.

Incluso llegamos a ser injustos con los seres que más amamos, y los hacemos cautivos o víctimas, de aquello que creemos ser nosotros mismos unos cautivos o víctimas.

Creo que cuando se genera una herida, simplemente empezamos a ver el mundo a través de ésta, y no nos damos cuenta que pasamos de víctimas a victimarios de un momento a otro, es realmente triste.

Esto lo estoy diciendo desde la insatisfacción de haber sido injusto con una querida amiga. Me he visto a mí mismo funcionando desde una gran contradicción, lo que me causó una tremenda tristeza.

Muchas veces no nos damos cuenta que estamos reproduciendo el mismo patrón que nos ha subyugado. Creo que esto tiene que ver en cómo trabaja la mente.

La mente emana aquello que ha aprendido, ahora bien, esto puede cambiar. Hay una demanda interior que a veces es tan fuerte, que rompe con el paradigma, es allí donde superamos nuestras estrecheces mentales y vamos un paso por delante de nuestra tiranía mental.

Yo sólo conozco una manera de superar ese patrón de aprendizaje, esa tiranía. Es poniéndote en tu corazón y funcionar desde allí.

Reconocer, hija que podemos ser condenado y verdugo a la vez. Tenemos ese poder de influir en el mundo, y también esa posibilidad de transformarnos desde nuestras propias tendencias.

Pero hay que escuchar más allá de los pensamientos, más bien hay que observar. Dejar de ser quien juzga, y aprender a ser quien escucha. Dejar de querer intervenir, y simplemente escuchar. Escuchar a esa amiga que te abre su corazón, o escuchar a tu propio corazón.

Pero para lograr ello, hay que tener la valentía de ser capaz de sentirte en la desnudez de todas tus armas. Es un estado básico, sin artilugios y estrategias. Estás allí sola, sola con tu mente y corazón, abierta a escuchar y amar.

Tienes que ser capaz de abandonar toda estrategia de supervivencia emocional, o estrategias manipuladoras, simplemente observar y escuchar.

Es la manera que he conseguido para salir de la contradicción, y darme cuenta que eso de lo que quería huir, es lo mismo que pretendía poner sobre los hombros de otras personas.

La manera de superar esa contradicción, era entender que estaba castigando desde el lugar de la víctima. Y es cierto que puedes buscar culpables para saber quién lo empezó todo, pero habría quizá que buscar al primer ser humano o al primer ser vivo, para entender las contradicciones de la vida mediante las cuales funcionamos.

En vez de ello puedes liberarte aquí y ahora. Desatar el nudo que te une a ese sufrimiento, amar, escuchar, observar, simplemente observar.

La experiencia de amor es la más radical, pues te lleva por linderos nuevos, por nuevas tendencias que son diferentes a esa disfuncionalidad.

Te das cuenta que el mirar y quien mira son una misma cosa, no hay separación entre quien recibe y quien da. Es la resolución de la contradicción de nuestra identidad, cuando aprendemos a hacer algo nuevo de aquello único que sabíamos.

Pero para ello has de ser capaz de sentirte de alguna manera desprovista de tus herramientas y estrategias habituales.

En este punto, tu ser en las cosas se ha fundido con el ser de las cosas, entonces sólo hay unidad en el intercambio, y ese intercambio es el amor.

Así serás capaz de perdonar, pues serás libre de eso que te ataba, y que te mantenía unida a tales contradicciones.

ENCONTRAR EL CAMINO A CASA

Bruna, encontrar el camino a casa no siempre es fácil. No es precisamente una meta, porque es algo que se sigue construyendo con el tiempo. El estar en casa es más bien como un buen estar, aprender a estar con eso que amas.

Muchas son las encrucijadas con las que nos encontramos, unas más entramadas que otras, pero sea fácil o más difícil, la vía más directa para saber decidir, es el amor. Muchas veces estamos confusos en algunas decisiones, pero cuando se trata de proteger a los seres amados, mantenemos el corazón caliente y la cabeza fría.

Entiendo el amor como una disposición a llevar a cabo acciones por el bienestar de otros. Una disposición a entender la situación. Entiendo el amor como un acto de claridad, una orientación hacia la felicidad. Vivo el amor como el entendimiento de la necesidad de lo que necesitas.

Eres mi experiencia más sublime de amor, es en ti donde cualquier encrucijada tiene su fin, pues el corazón hace que la cabeza tome la decisión adecuada. Ha sido un largo camino hasta llegar a ti, muchas cosas han pasado, mucha gente he conocido, he lastimado y amado.

Pero la mayor adecuación que encuentro con esa palabra, la palabra amor, la he encontrado contigo. Es una guía que me marca la claridad del camino. Es sentir, es comprender.

El camino de la paternidad me ha dado la senda que necesitaba recorrer. Ese entendimiento de tener presente la necesidad del otro, cuando el tú es más importante que el yo.

He llegado a la conclusión que se comprende la vida y sus fenómenos, si la capacidad de entendimiento está orientada hacia el amor. Es la comprensión que para que las cosas funcionen, y haya una armonía, tiene que haber un algo que está presente como una capa o película que todo lo impregna, y que todo lo sostiene.

Y esto que todo lo cubre tiene que ser algo bueno en sí mismo, porque es lo que da forma y sostiene la vida, lo contrario a esto sería la ausencia de amor. Es evolucionar como seres humanos, y hacer uso de la capacidad de entender, para llegar a asumir un hecho aún más importante que el conocimiento intelectual de las cosas.

Claro que hay una manera de entender el mundo, y que se hace por medio de la interpretación de la realidad, pero la vida que se piensa no es la misma que la que se vive. Dejar de pensar en hacer bien las cosas y vivir haciéndolas es volver a casa.

ESPERANZA

Querida Bruna, nunca he hablado de esta manera de la esperanza. Siempre he entendido la esperanza dentro de unos parámetros temporales. Como si tener esperanza se tratase de esperar. Pero ahora creo que la esperanza es más bien una actitud, una condición.

Está claro que esperar algo a veces da un aliciente o un respiro, pero llego a pensar que la esperanza va un paso más allá de lo temporal. Se convierte en una condición humana, de hecho, algo que pudiera humanizarnos.

Un estado actual puede trascenderse a sí mismo si hay esperanza, sin poner el tiempo de por medio. El tiempo sólo nos dará una buena o mala pasada, pero esa condición de vivir con esperanza es algo inmutable al tiempo. Hija, incluso en los momentos más dolorosos, hay actitudes o cualidades humanas que no dejan de estar, y permanecen puras pese al lodo que nos pueda rodear.

Yo diría que siempre hay que permanecer lo más despierta posible para ver la dualidad de la vida, aquella que nos muestra lo que discurre en el tiempo, esa parte de nuestra esencia que permanece como una guía pese a la tempestad.

Y ni siquiera es algo idílico o utópico, pues en nosotros es donde se cristaliza la experiencia del vivir. Es en nosotros donde hacemos que ocurra el punto medio, entre lo que perece y cambia al tiempo de la materia, y aquellas cualidades, actitudes y condiciones, que nos hacen convertirnos en humanidad. Esto es una de las cosas que mantiene vivo el palpitar de la especie en su camino de transformación.

Así, querida morena de mi vida, aunque en los momentos difíciles es donde más cuesta mantener la cordura, en realidad es cuando la desarrollamos. Lo demás, hija, lo demás es entretenimiento. El momento del dolor es el que hace crecer el músculo. Ahora bien, es importante saber vivir del entretenimiento.

Aunque el dolor nos proporcione una posibilidad de crecimiento, el dolor en sí no es ninguna finalidad, sino la trascendencia que hacemos de cada situación que vivimos. Pudiera ser entonces la esperanza una finalidad en sí, más allá del tiempo, más allá del devenir de los tiempos. Esperanza libre del tiempo, libre de ataduras, encuéntrame en la cordura, allí donde estoy más cerca de mí.

ÉTICA

El comportamiento ético debe ser una premisa aun cuando nadie te ve, o aun cuando decidas que no te importa lo que piensen los demás.

Cuando no te importa la opinión de los demás, eres libres de ellos y ellas, pero puedes pasar a ser esclava de ti misma, hija. Pues en ambos casos existe el riesgo de dejarse llevar por demasiadas ideas de otras personas o de ti misma.

El caso es que tomes el control, y si decides ser inmoral, que sea una decisión, no por rabia, un arrebato, o por enajenación propia.

En todo caso, es estar despierta, ver lo que discurre con claridad, y ser capaz de actuar desde la serenidad y firmeza, que no quiere decir ser rígida.

Todo esto afirma que tanto nuestro comportamiento, palabras, y pensamientos, debe funcionar como algo autónomo en relación a las demás personas. Eso quiere decir, actuar desde nuestra fuente, desde la convicción interior.

Ser libre también de las ideas propias, que no son más que una manera de funcionar, pero que no son la finalidad, sino un ejercicio más de las cualidades de la mente.

Los pensamientos y sentimiento no son la fuente en sí, sino que emanan de ésta.

FUERZA QUE EMPUJA

Hija, la fuerza real que te empuja es la tuya propia. Cuando creas que algo te está empujando de fuera, hay que saber relativizar lo que ocurre. Es cierto que hay cosas de fuera que atentan contra tu esencia y tu dignidad, pero nada de eso es capaz de modificar tu esencia, o de quitarte algo.

Lo que sí puede ocurrir es que la imagen que te haces de ti misma, pueda verse afectada por esa fuerza externa. Ahora bien, si lo miras bien, te darás cuenta que todo pasa por tu filtro. Tú eres quien elige.

Si bien algo puede ser percibido como una fuerza que te empuja, realmente es el cómo percibes esa fuerza lo que puede generar, o no, un cambio en ti.

Si mantienes la imagen de ti limpia de toda esa influencia externa, entonces no habrá fenómeno externo que atente en tu contra.

Todo pasa por ti, tú eliges, tú eres el filtro, la arquitecta. Hay que mantener el filtro limpio para poder discriminar, y la manera de hacerlo es mantener cristalina la imagen que tienes de ti misma, y la manera de lograr esto es manteniéndote lúcida. En cada segundo estamos eligiendo, Bruna.

GRADOS DE ODIO

Es un tema delicado de hablar, pero el odio es una de las cosas que somos capaces de experimentar, hija.

Bruna, piensa alguna vez en esto, por muy terrible que sea lo que alguien haya hecho, si odiamos y vamos a por venganza, será terrible, pues quien vengue reproducirá eso tan terrible de lo que fue víctima, y además de convertirse en ello, perderá mucho en la venganza, perderá la libertad de experimentar la dicha.

Hago el ejercicio de lo que sería capaz de hacer si alguien te lastimara, estoy seguro que desearía venganza, quemaría una ciudad entera o un país. Por eso siempre intento mantener la claridad de la mente para saber actuar.

Cuando haces algo tiras al universo aquello que luego recibes. El odio aparece contrario al amor, como si el odio rompiera una manera de funcionar de las cosas. Creo que hay amor cuando encontramos la mejor manera de funcionar, y desde luego eso no es el odio.

Seguramente seguiría con el deseo de quemar la ciudad, pero intentaría no quemarla con odio en mi corazón, más sí con un sentimiento de justicia. Si hay que condenar o reprender, debe ser sin odio.

Si odias habrás desperdiciado tu potencial, el enemigo, interno o externo, no merece que le odiemos, no es justo para aquellas impresiones mentales que sí llevan al desarrollo y la fusión con el amor. Es estar alineadas con el funcionar bien, con la melodía armoniosa, con todo lo que ocurre.

HÉROES

Es una de las pruebas más duras, la de hacer que tus héroes o heroínas se extingan, o simplemente dejarlos descansar, aunque sólo sea por un tiempo.

Hay tiempos en los que ni siquiera podrás aferrarte a tus referencias más cercanas, tiempos donde habrá desconcierto y puede que miedo. Pero también será la ocasión en la que tendrás una oportunidad de acceder a tu yo desnudo.

Allí tus máscaras no servirán para engañarte ni tan solo a ti misma. Justamente en esa etapa accederás a tus cualidades más sobresalientes.

Los héroes y heroínas son una bendición para el espíritu y la inspiración. Pero ellos en algún momento querrán que sigas tu camino, por tu propia inspiración, no mediante una inspiración externa.

Aquí sintiéndote recostada en mi espalda, sé que llegará un día en el que tendrás que retarme Pero recuerda que, si sentimos la necesidad de retar algo o a alguien, es porque alguna cosa tenemos que aprender o demostrar. En realidad, se trata de retarnos · a nosotros mismos.

Después de todo ese proceso vendrá la etapa en la que no hará falta demostrar nada ni abandonar a tus ídolos, porque los reconocerás como amigos del camino, tan cercanos como lo será tu cercanía con tu fuerza interior. Tus héroes externos y tu fuerza interna serán parte de un mismo fenómeno, no hará falta retar, ni buscar, ni encontrar, ni pensar si está dentro o fuera.

HOMBRES

De los hombres te puedo decir un par de cosas importantes. En ocasiones no he sido el mejor ejemplo de rectitud y fidelidad, aunque he de decir que por lo general me he esforzado por ser leal. He tenido varias parejas, aventuras y romances, y de todas he podido aprender algo.

Si los hombres podemos superar la animalidad que nos impulsa a tomar a nuestras parejas como objetos, entonces podemos ser realmente honorables, útiles y buenos compañeros. Gran parte de nuestro ser se ve influenciado por nuestras pasiones, a veces gestionadas de manera muy cuestionables.

Si aprendemos a gestionar de una buena manera todo el tema relacionado con nuestro comportamiento físico, los hombres podemos ser un verdadero refugio y buenos amigos. No es fácil encontrarnos a nosotros mismos.

Tal vez en esto no soy el mejor ejemplo, pues siempre la relación con las chicas ha sido mi debilidad, simplemente me cuesta resistirme a vuestros encantos de mujer. Eso sí, puedo decir sin temor a equivocarme, que siempre he hecho hasta lo imposible por protegerlas de algún daño emocional o físico causado por otros.

También es cierto que en ocasiones he lastimado emocionalmente a algunas chicas, pero es algo de lo cual no me siento orgulloso. Como resultado de mi falta de sabiduría para ver más allá de la atracción física, en ocasiones me faltó la astucia suficiente para gestionar ciertas situaciones.

Por ello soy capaz de hablarte de este tema, porque lo puedo hacer sin pretender ser un mojigato, ni el más bueno y correcto de todos los hombres

Por otro lado, también es cierto que con los años pude entender cosas muy importantes acerca de las relaciones de pareja, y de verdad te tengo que decir que me hubiera gustado tener más guía en este tema, seguro que así les habría ahorrado muchas incomodidades a ciertas personas.

Si los hombres superamos esa animalidad que nos hace querer ser los grandes machos de una manada, entonces todo nuestro poder se canaliza de una manera increíblemente magistral.

Todas nuestras cualidades salen a flote desde el amor y la entrega.

Si aprendemos a sentir de otra manera, nuestro potencial se multiplica incontables veces. Es parte de nuestra capacidad para trascender las cosas más básicas de nuestra mente y de nuestro cuerpo.

La manera en la que nos relacionamos con el mundo puede ser diferente, si transformamos esas tendencias reptilianas de cazador y conquistador. Nuestras cualidades se pueden llegar a expresar como las de un poderoso protector que va alegremente a una batalla.

Dependiendo de la motivación, nuestras cualidades se pueden expresar de una manera o de otra. En vez de ser unos babosos, podemos ser los seres más cariñosos y buenos compañeros. Seguro que no a todos les cuesta tanto obrar de esta manera, pero a tu padre cavernícola le costó algo más de esfuerzo aprender ciertos modales.

Nuestra manera de sentir es parte de nuestra propia expresión, la manera en que tocamos a alguien es parte de nuestro mundo más intrínseco.

Lo que esté fuera de la sutileza es algo fácil de identificar. Se puede ser sutil y apasionado a la vez, estas no son cosas antónimas. No se trata de ser un mojigato, sino de hacer las cosas desde la generosidad y desde la idea de darle algo bueno al otro. Eso sí, sin convertirnos en esclavos emocionales de nadie.

Confía en tu inteligencia e intuición. Seguro que sabrás identificar las cosas que te cuento. Un hombre que de verdad está interesado en una mujer, es capaz de cortar su obsesión compulsiva. Si no es capaz de hacerlo, yo diría que es mejor enviarles a unas vacaciones para que reflexione y supere su situación.

Nada como ser fuerte, pero a la vez ser capaz de hacer un gesto tan fino como ponerle el cabello detrás de las orejas a una mujer. Eso que aprendemos desde pequeños en la escuela, hacer movimientos gruesos y finos.

HONOR

Bruna, una de las cosas que más valoro es el honor, quizá no soy el mejor ejemplo de honor de este mundo, pero me esfuerzo cada día por ser un ser honorable.

Creo que en el honor hay respeto, disciplina, compasión y sabiduría. Me duele ver la falta de honor que hay en los tiempos de hoy, no sé si en alguna época ha habido más o menos honor que ahora, pero sí creo que es un valor que necesitamos para vivir.

Es parte de querer mejorar y ser una persona correcta. Actuar con bondad y honestidad. Tal vez este no es el mejor mundo para mostrar la honorabilidad en un nivel externo, pero si por lo menos logras vivir con honor para tus adentros, entonces tu espíritu estará sereno.

Entiendo el honor como una expresión del amor, entiendo el amor como un acto de compasión y honestidad. El honor te lleva a conocer tus límites y posibilidades, y el de los otros, es así como te vuelves compasivo, porque entiendes lo que ocurre, eres consciencia en cada momento.

El honor es coraje, valor para entender y actuar. Cuando eres capaz eres honorable, no porque sepas lo que hay que hacer, sino porque sabes aprender y esperar. La templanza y el coraje funcionan como el calor y el metal, juntos se abrazan y saben convivir uno con el otro.

Se pueden decir muchas cosas del honor, pero creo que en todos los casos el honor te envuelve en una búsqueda de superación constante, superarse a sí mismo sin necesidad de pisar o engañar.

No es necesario que muestres siempre tus cartas, pero tampoco es necesario mostrar una partida engañosa, al menos que sea la única manera de jugar con el enemigo.

En todo caso siempre puedes mantener el honor contigo misma, sabiendo que has hecho lo posible por actuar con bondad, compasión y sabiduría.

BONDAD

Bruna, me gustaría hacer una reflexión sobre la bondad. Puedo experimentar la bondad como un estado de gozo constante pero de baja intensidad. Lo experimento como un estado con autonomía.

La bondad es un estado que tiene su fuerza propia, diría que es el amor la que la hace funconar. Entiendo por amor esa cualidad que da serenidad y fuerza. Es un estado que abraza lo que hay, que acepta pero que también puede transformar lo que toca.

El amor es inmutable porque no hay nada que lo manche, y a la vez puede mutar lo que toca sin violencia. Ese estado de amor propicia la cualidad de la bondad. Me parece que la bondad es despierta pero no alterada. Es alerta porque observa lo que hay a su alrededor y no es ciega al dolor ni a la confusión.

Diría que cuando eres bondadosa estás al tanto de lo que ocurre pero no siempre participas. Quizá allí ya nace algo como por ejemplo el ser ecuánime. Claro, si hay serenidad y hay energía entonces hay un punto medio que neutraliza la acción, siendo tal punto medio la ecuanimidad. En todo caso, pareciera entonces que la ecuanimidad, aunque parezca una participación pasiva, goza de un trabajo consciente y de interés.

Son sólo aproximaciones de un tema, Bruna, no pretende ser una verdad, es más bien una experiencia de algo que se observa.

LA CUESTIÓN ES FUNCIONAR

Hija, la cuestión es funcionar. Siempre hay oportunidad de acceder a nuestros recursos. En la vida hay miles de combinaciones de situaciones, cambios, emociones, sentimientos...

Pero, pase lo que pase, podemos funcionar. Acceder a los recursos propios es una habilidad que se cultiva, el mirar allí dentro es la base principal.

Con esto te quiero decir que independientemente de la situación y los cambios, lo que siempre está allí es el potencial, las cualidades, y la fuerza interior.

Esos recursos y todo ese potencial interior es inviolable, no hay nada que lo pueda dañar. La cuestión es funcionar, y funcionar es acceder a los recursos necesarios para cada caso concreto.

Es un camino maravilloso, pero de mucho trabajo. Bueno, creo que puede que menos trabajo para algunos, pues hay personas más listas que otras, que no es mi caso, y lo digo sin falsa modestia.

Funcionar es un regalo que nos damos, es atrevernos a comenzar, es también una muestra de respeto a la vida, porque de todo lo que se nos presenta podemos sacar una ganancia de aprendizaje.

Funcionar es parte del acercamiento a nosotros mismos, a nuestra integridad más elevada, a la esencia de lo que somos. Es difícil hablar de eso, pero la guía que nos dice que vamos en ese camino, es la fuerza serena que emerge en cada situación, y en la que reconocemos nuestra mejor versión.

LIBRE DE ROLES, CERCA DEL VÍNCULO

Bruna, hay diferentes tipos de relaciones humanas, algunas nos unen y otras nos separan. En cada tipo de relación humana hay unos roles.

Es claro que te amo porque eres mi hija, pero cuando te veo reír me doy cuenta que eres algo más que una hija. Más allá de ser hija, madre, nieta, tía... Eres un ser libre en esencia.

Todo, absolutamente todo en este mundo puede hacernos libres o presos de nosotros mismos, de nosotros depende esa relación, y la verdad que no debemos permitir que ningún tipo de relación con alguien pueda encarcelarnos.

Por mucho que te ame como padre, sé que hay cosas que están aún más allá de esa relación, eso es lo que yo denomino, un vínculo que libera. Claro que es hermoso nuestro vinculo, y todo lo que puede emanar de éste. Pero me cuido mucho de no encarcelarte en un tipo de rol o relación que pretenda delimitarte.

Para mi eres mi hija amada, y eres un ser libre de cualquier estereotipo, veo tu identidad como el resultado de lo que hagas con tus capacidades y acciones.

Si accedes a tu fuente de poder, verás tu verdadera identidad. Donde nacen las raíces de tu amor, de tu inteligencia y de tu poder vital. Todo esto está contigo en todo momento.

Desde este punto de vista, siempre tienes la posibilidad de ser libre de cualquier posible reduccionismo social, familiar o cultural. Las raíces sociales, culturales y familiares son una base importante, pero más lo es el acceso a tu fuente, la cual es libre, sin color ni olor preferido, de donde accedes a tu poder auténtico.

MIRAR LA MENTE

Hija, mirar la mente es como mirar un caballo. No es fácil domar un caballo, sin embargo se puede trabajar en ello. No hay que preocuparse por tocar el caballo el primer día, ni siquiera el primer año, ni siquiera después de diez años.

Sólo tu habilidad dará el tempo. Cuando miras los caballos ellos corren como las ideas y emociones de aquí y allá. Muchas veces nos obsesionamos en controlarlos, pero si trabajas duro en poner barreras a esos caballos salvajes, sencillamente perderás tu trabajo.

Simplemente obsérvalos, no importa lo estúpido que parezcan o lo desagradable y salvajes que sean. Si tomas con aceptación el hecho simple de mirar, verás cómo con el tiempo ellos se empiezan a calmar por si solos.

No acorrales, no te acorrales a ti misma. Simplemente observa cómo pastan, cómo se comportan, cómo se mueven y galopan.

Te empezarás a dar cuenta de la cadencia de sus pasos, de sus ritmos, de sus relinches. Tú mantente allí expectante, mira esas cabelleras como brillan a la luz del sol. Observa sus cascos y el sonido que hacen al pisar la arena, la hierba, y las piedras.

Mira la suavidad de sus barrigas, mira cómo sudan sus narices. Lo grandes que son sus ojos, cómo mueven sus pequeñas orejas. Sé consciente de su terquedad... Ya en este punto eres consciente de lo que tus ojos son capaces de mirar, has entrado en el hecho consciente de los fenómenos. Ahora ¿qué podrás hacer?

Pues ahora serás capaz de acercarte, podrás prever sus movimientos, serás capaz de anticipar el encrespado de sus colas. Ya estás viendo la mente... Ahora ¿qué tienes que hacer? pues ahora te lanzas y coges al orgullo y lo montas... Puede que te tire la primera vez que lo intentes, no importa, vuelves al principio.

Ahora ya sabes a qué huele su piel, has olido el pasto en su boca, te ha ensordecido el relinchar que ha soltado en tu oreja. Te recuerdas el olor a estiércol, aun tienes la camiseta mojada después de estar en el fango bajo sus patas.

Te lavas, te cambias de ropa, y sigues. Ahora ya has estado piel con piel con lo salvaje. Has pasado del observar a experimentar. Sigues y observas, qué delicia toda esa experiencia. Pasarás por docenas de caídas, todo depende de las habilidades de tu conciencia, y de la fiereza de la mente que montaras.

Si al final te decides, te abalanzas sobre la fiera, la enganchas y no la sueltas, intentará tirarte, se retorcerá, intentará morderte…, y al notar tu serenidad y seguridad…, se acabará la lucha, animal y jinete son uno . Todo se desvanece y sólo hay calma. Mente y conciencia se han vuelto uno.

MOTIVACIONES

En realidad esta carta te la iba a escribir para hablar de las motivaciones, pero una cosa lleva a la otra.

Quería expresarte que las motivaciones son la base sobre la que reposa todo. Es como la fuente de donde emana el agua que adquiere una forma, y engendra una acción materializada.

Muchas veces ni nosotros mismos conocemos las motivaciones que nos mueven, y es aún más difícil saber las de otros, pues puede que ni siquiera ellos la sepan.

Y a parte de ello, en el caso de conocer las motivaciones, hay que trabajar para filtrar aquellas que queremos hacer visibles al mundo práctico. Pero además de ello, una vez que sabemos las motivaciones que queremos expresar, hay que conseguir una manera adecuada de expresión para cada una de ellas.

Por tanto mi Bruna tenemos trabajo por delante.

Lo primero es calmar el agua revuelta para ver la motivación que emerge del fondo, luego organizar y clarificar, y después darle una forma práctica mediante el lenguaje a aquellas motivaciones que queremos manifestar.

Por tanto, te das cuenta que es como sostener una red de pesca. Primero hay que sujetar bien la red y desenredar en el caso que esté liada. Hay que ver el alcance de nuestra red en el estado que nos encontramos en nuestro presente.

Uso el ejemplo de la red no para ilustrar algo que queremos coger con ella, sino más bien hablar de la continuidad de algo desde su origen, hasta el final de sus tentáculos.

Entonces, son más bien como las lianas de un árbol. Que son capaces de llegar a tocar la tierra. Piensa que la base de la liana es la base, el estado primario de la motivación.

Si somos conscientes del punto de partida, ya lo demás está ganado. Si el experimentador es consciente del experimento, entonces lo que emana de la base hasta llegar a la vida practica está bajo un cierto control, y eso es radicalmente importante.

Si la motivación está clara, y más aún, si es una buena motivación, entonces no tenemos que obsesionarnos demasiado por saber todas las particularidades que puede tomar un hecho.

Si algo parte del corazón, la cabeza debe ser capaz de procesarlo. Si nace del corazón, debería poder organizarse de manera adecuada en las partes bajas del cuerpo relacionadas con la creatividad, la pasión, y el deseo.

No deben apresarnos las particularidades del mundo práctico, pues es la visión del experimentador lo que condiciona el experimento.

La causa eficiente también puede ser emanada desde la confusión y la mala intención. Por ello si la motivación nace desde el agua clara el resultado tiene que ser bueno.

Si sembramos maíz habrá maíz, y aunque en el camino de crecimiento se adhiera alguna información genética de otra clase de semilla, sin importar demasiado las apariencias habrá maíz.

Tal vez esta distinción entre la base del corazón, y la vida práctica, es lo que hace, o no, al hombre santo. Creo que un hombre santo debe ser responsable, conocer el camino por el que trascurre su corazón, y saber cómo hacer llegar de manera ágil esa bondad hasta el mundo práctico.

Y si bien no se es capaz de hacer llegar esa bondad hasta los extremos de la red, por lo menos se es capaz de funcionar en el mundo práctico. No envenenarse con las particularidades del mundo material, sino mejor permanecer en nuestro centro, y sin estar alejado del cómo ocurren las cosas.

No está alejado el que medita en el bosque y sirve leche caliente a sus invitados, ni es cercano el que vive rodeado de la gente y no sabe escuchar.

MÚSICA

Bruna, ahora me gustaría hablarte de la música. Los gustos musicales es algo importante en la vida, lo que entra por los oídos configura nuestra manera de sentir al mundo.

Los gustos musicales son algo que no deberíamos tomar a la ligera. Hay música para diferentes momentos, diversos ritmos que nos acompañan en el acorde vital que estemos viviendo en un momento, o en una época de nuestra vida.

Hay música rompedora, música que da forma, y también música inspiradora. No tenemos que decantarnos por un tipo de música o ritmo. Así como la música, necesitamos de diferentes ritmos vitales para ir resolviendo y disfrutando de las cosas de la vida.

Piensa que cada vibración a la que nos exponemos nos influye directamente. Cada átomo de nuestro cuerpo está propenso a adquirir un tipo de estructura, y de acuerdo a la vibración que le demos, los átomos se comportarán de una manera o de otra.

Hay músicas más abstractas y otras más vitales o energéticas. La abstracta es aquella música como la clásica, una más vital podría ser la música tribal que está vinculada a alguna celebración espiritual.

También es verdad que un ritmo puede parecer a veces más abstracto o a veces más vital. De esto puedes preguntarle a un experto en el tema.

Lo que vengo a decirte, es que hay estilos musicales que están más próximos a las cosas más elementales de la vida. Hay música que puede alejarnos de las cosas más sencillas, y hacer que nos perdamos en nuestros mundos abstractos e individuales.

Hay momento para todo, pero en todo caso, hay que ser consciente de los productos materiales o inmateriales que consumimos.

Creo que una buena forma de mantenerse ecuánimes en la vida, es teniendo un sano acercamiento a las cosas. Con esto quiero decir, no estar tan lejos, pero a veces tampoco tan cerca.

El saber combinar las capacidades abstractas y las vitales, esto hace que poco a poco vayamos experimentando la vida desde el corazón.

Hay ritmos que se quedan en las capas más superficiales de la vida. Permanecen en la superficie de la piel, aquella música que nos hace motivarnos en un sentido más mecánico.

Hay ritmos que se manifiestan más en los planos representativos de la vida. Nos hacen parecer muy lejanos de todo lo que se manifiesta a nuestro alrededor. Es ese tipo de música en la que somos menos activos a actuar en la parte mecánica, pero que en cambio toca más nuestras fibras o capacidades, que hacen que intelectualicemos lo que nos rodea.

Al intelectualizar nuestro mundo podemos tener la tendencia a alejarnos de él. Tú elige como quieres vivir, sólo te digo cosas que he aprendido a lo largo de la vida. Tú compruébalo desde tu propio criterio.

Esa música que suena desde el corazón, la que vibra desde el centro de tu cuerpo. Es una buena manera para saber sobre la naturaleza de las cosas, y para saber sobre la manera en que dichas cosas nos influencian.

Dependiendo del lugar de donde venga la información dependerán sus resultados. Los medios por los cuales experimentamos las cosas afectan a su propio resultado.

También es posible transformar la naturaleza de algo, pero tienes que recordar que eso requiere un esfuerzo extra, y contar con medios hábiles para ello. Así, por ejemplo, una música que vibre muy abajo o muy arriba del centro de tu pecho puede manejarse gradualmente hasta convertirla en una experiencia de tu centro.

Internamente tenemos un punto de equilibrio desde donde la vida se vuelve más profunda, poderosa, y con más riqueza.

Conseguir este equilibrio no es fácil, por ello es importante conducir todos nuestros medios estéticos hacia una forma en la que podamos expresar de manera ecuánime. Cada cosa que escuchamos, decimos o pensamos, cada gesto de nuestro cuerpo, es la expresión de aquello en lo que nos estamos convirtiendo. Cada momento cuenta, cada gesto cuenta.

Hay música que suena desde el corazón. Este es el tipo de sonidos que te permite tener una experiencia directa y madura de la vida, a la vez que te permite acceder a las capas más profundas del entendimiento de las cosas.

Sonidos que te alegran y te dan una fuerza vital inimaginable, y al mismo tiempo te hace comunicarte con tus posibilidades intelectivas más elevadas.

Poco a poco irás abriéndote a comprender las cosas de una manera conjunta, pero con la habilidad de ser capaz de discriminar entre las diferentes partes o experiencias que están ocurriendo.

Mientras más ecuánime sea tu disposición a experimentar este mundo de sonidos, a su vez serás más libre de elegir qué tipo de sonidos quieres escuchar. Lo muy ruidoso crea distorsión, lo muy silencioso es tan insensible que no causa ningún bienestar a nadie.

Cuerpo y mente están conectados, y lo que sea inaguantable para los sentidos, gradualmente lo será también para nuestra salud mental. Igualmente, el ruido mental que ocasionemos mediante pensamientos absurdos, de alguna manera repercutirá a nuestro cuerpos.

NIVELES DE EXPERIENCIA

Bruna, puedes elegir el nivel de experiencia que quieras. Hay niveles muy básicos y otros muy elevados y sublimes.

En los niveles más básicos, los seres se ven movidos por las necesidades más básicas de absorción y apego. Estas son las necesidades nutritivas de nuestro cuerpo.

Sé consciente del tipo de experiencia a la que tienes tendencia en un momento determinado, así podrás dar con el tipo de motivación que predomina en aquellas decisiones que tomes.

Si decides ir un paso más allá en la vida, que estoy seguro que así lo harás, entonces podrás acceder a otro tipo de experiencias.

Las experiencias un poco más elevadas no dejan de ser experiencias elementales. Así me gusta llamar a ese tipo de cosas que son elementales para la vida, de esta manera puedo diferenciar lo básico de lo elemental.

Ese tipo de experiencias elementales forman parte del desarrollo de nuestra naturaleza humana. Alimentan las funciones un poco más abstractas e internas de nuestro ser.

Por ejemplo, en ciertas manifestaciones artísticas puedes encontrar un tipo de alimento que va un paso por encima de las necesidades básicas de absorción o apego.

Mediante estas artes puedes acceder a un mundo estético, mediante el cual puedes vivir gran cantidad de dicha o sentimientos más elaborados, en lugar de esos avatares emocionales de la vida diaria.

Mediante estas experiencias puedes vivir un tipo de cosas que te harán sentir la vida como un lugar diferente, incluso sutilezas nuevas empezarán a formar parte de tu percepción.

Si sigues profundizando en tu entendimiento, podrás ir un paso por delante de todo. En este punto, tanto lo básico como lo elemental, formarán parte de un mismo proceso.

Esta es la expresión de la no dualidad, donde podrás dar con las claves de donde todo surge, y donde todo termina. Podrás ser consciente de los procesos sensitivos y abstractos, que hacen posible que lo interno y lo externo formen parte de un mismo fenómeno.

Así podrás ver la inseparabilidad de todo cuanto ocurre, a la vez que serás consciente de que somos nosotros mismos los que decidimos el tipo de experiencia que decidimos vivir.

Incluso en la situación más desagradable, verás de la apariencia, y habrá más claridad y amor en tu mente, a la vez que tendrás menos miedos. Amor y ausencia de miedo forman una sola ecuación.

Esto no se trata de cerrar los ojos, sino más bien de ser más consciente de todo lo que vives. Con la experiencia de los años somos capaces de dar con el método que más nos conviene para lograr este resultado, eso no quiere decir que desde la juventud no puedas ser lo suficientemente lista para apuntar a esta meta, incluso puede que lo consigas siendo una niña.

El amor y la ausencia de miedo nos puede llevar a lugares realmente interesantes. La intrepidez de la mente se abre un poco más, cada vez que somos capaces de mostrar amabilidad y fuerza, incluso en aquellas situaciones donde todos corren desesperados por salvar sus intereses individuales.

Aprende a cuidarte de todo lo que te rodea, pero también aprende a ser amable. Elije ser de la manera que quieras en el momento que quieras. Pero deja que toda elección sea influenciada por el amor, la amabilidad y el coraje.

No hay que ser tonto para ser amables, solo tú sabrás el punto justo en el que te sientes mejor siendo amable, o el punto en que te tienes que poner un poco dura, para darle algo de educación gratuita a quien se pase de la raya.

Sea cual sea tu elección en un momento determinado, intenta que no haya rabia en tu mente. Desde este punto, por más que parezca dramática alguna decisión que tomes, estarás tranquila de haberla llevado a cabo desde la serenidad y fuerza de tu mente.

Esta manera de actuar irá afianzando tu seguridad y confianza en ti misma, a la vez que la gente a tu alrededor sabrá que eres una persona en la que se puede confiar. También ten en cuenta que no siempre es bueno mostrar todas tus habilidades y armas. Aunque sea difícil de creerlo, hay personas que sólo buscan darte en alguna parte para ver cómo reaccionas.

No tengas miedo de mostrar tus cualidades y fortalezas, pero ten en cuenta que hay personas que quieren saber las cualidades con las que cuentas, para luego atacarte de la manera menos honorable posible, y en el momento menos esperado.

No guardes rencor de estar personas o seres, actúan desde el miedo y la falta de talento. No vale la pena que pierdas el tiempo con ellas si no es necesario. Incluso puedes intentar ver alguna cualidad que tengan, pero si esto no es natural para ti, entonces simplemente enfócate en algo más interesante.

NÓMADAS DEL VIENTO

Querida Bruna, en esta ocasión me gustaría hablarte de las aves. Hay dos documentales que me inspiraron hace años... *Nómadas del Viento* y *Les Ailes Pourpres*. Las aves me llaman particularmente la atención. Son de diferentes tamaños, con diversos plumajes, colores, picos...

Hay aves en diferentes ecosistemas, en el norte, sur, frio, calor... Hay aves que recorren miles de kilómetros para llegar a casa, otras prefieren estar toda su vida alrededor de una plaza. Me pregunto qué lleva a una subespecie de aves, a ser de una u otra manera.

Seguro que cualquier entendido del tema me sabría dar una respuesta. Pero sinceramente no creo que nuestra lógica humana sea comparable con la lógica usada por ciertos seres. Me pregunto, qué fuerza es la que mueve a ciertos tipos de aves a recorrer miles de kilómetros, dos veces al año.

La supervivencia, tal vez, ¿pero qué es lo que hace que no nos abandonemos a la extinción? El amor tal vez, o el orgullo a no perecer es esa motivación nos mantiene vivos.

¿Qué es lo que hace que nos arriesguemos a salir a la intemperie? Intemperie es una palabra a la que le tengo mucho respeto.

He estado en un par de ocasiones en esa intemperie, y por eso respeto tanto a esas aves que se lanzan a la aventura de recorrer interminables distancias de retos, de heladas, de tormentas, de depredadores, de vientos incontrolables...

Me llena de nostalgia, y algunas noches pienso en esas aves que están en pleno vuelo, rezo por ellas, pienso en su fortaleza. No hay espacio para la tristeza, no se si ellas se atreven a darse el lujo de sentir tristeza cuando están en pleno vuelo. No hay mucho tiempo para pensar en el sufrimiento cuando se tiene que vivir con él.

Se sufre porque duele el frio, o el calor, o el cansancio, ese es un tipo de sufrimiento, pero también hay un doble sufrimiento cuando nos pasamos de la raya en la autocompasión. Pensar en que se sufre es un doble sufrimiento. En cambio, luchar con esperanza es un camino más hermoso.

Luchar por sobrevivir, y volar en grupo, incluso hay aves que se quedan desperdigadas en esas largas travesías. Algunas logran unirse de nuevo al grupo, otras en cambio no lo logran. Las que se alejan del grupo por alguna u otra razón tienen que hacer un doble esfuerzo para poder unirse de nuevo a la familia.

De estas que se alejan o quedan rezagadas, les debo mis respetos, porque tiene que haber una buena razón para alejarse de la seguridad del grupo. Bien sea por debilidad, o por querer ir por libre, por quedarse rezagados, o por elegir quedarse solo.

De estos que se alejan es doble el trabajo para volver a volar juntos con el grupo, a veces te sientes desorientado, confuso, incapaz. Allí es donde tienes que sacar todos tus recursos y sobrevivir. Un sobre esfuerzo es necesario para volver a andar junto a los de tu especie.

Si eres humano, esfuérzate por ser persona, si eres ave, lucha por ser libre.

Esa definición de ser libres, considero que es una autoafirmación de la condición de ser un ave, buscar la libertad. Tal vez por ello es que algunas son persistentes en recorrer miles de kilómetros de esfuerzos, de logros, y también de pérdidas. Siempre se pierde algo cuando quieres ser libre.

Cuando eres libres pierdes miedo. En todo caso, una pérdida no siembre conlleva un despropósito. Una pérdida puede traer consigo un cambio en la sustancia que nos sotiene. Hoy día se dice que se puede modificar el ADN con nuestra manera de vivir, con los hábitos alimenticios, o con nuestro comportamiento.

Tal vez esas aves buscan la autodeterminación en un acto titánico de esfuerzo, ponerse en tal situación que no haya otra salida que luchar, siendo el sufrir una parte de la partida de póker.

Reorganizar la vida en función de salir a la intemperie, tal vez sólo así podamos acceder a nuestros más valiosos recursos, fuera del miedo, perdiendo y ganando al mismo tiempo.

Pero, hija, recuerda que el grupo estará allí para apoyarnos, es de sabios saber dónde está su manada, piensa en ellos con amor, bien sea que estén delante o detrás de ti. Podemos volar en solitario o en manada. Y una opción no es mejor o peor que la otra, en ambas hay aprendizaje y diversión.

Somos fuertes con el grupo, y también cuando decidimos hacer una pequeña o larga excursión, en la travesía que llevamos como conjunto dentro de nuestra especie. El problema no es la soledad o la compañía, el tema está en sentirnos a gusto estemos en el punto que estemos en aquel momento.

Me conmueve ver ese grupo de aves buscando mejores vientos y mejor clima, e igualmente siento admiración por aquel que se queda rezagado, y busca con todas sus fuerzas lograr aquello por lo que lucha su especie. Hay quienes buscan ese algo con el grupo, y hay quien lo hace en solitario.

¿Qué será lo que busca nuestra Bruna?, ¿será el amor?, ¿la compasión?, ¿la ecuanimidad?, ¿la sabiduría?... yo no lo sé, pero creo que hay que descubrirlo, y sólo hay una manera de saberlo, viviendo y teniendo consciencia de cada cuchara que lavamos, percibiendo las necesidades que tenemos, confiando en la intuición que sale de nuestro corazón. Siendo algo más que una lechuga que floreceen el campo, poniéndole un sentido a nuestras vidas.

REDENCIÓN

La redención es un acto de plena concordancia donde se une pasado, presente, y futuro. Es un renacer, un despertar. La redención es en sí un acto de valentía, de ver los demonios y vencerlos. Redimir es empezar una nueva historia, puede que con alguna pérdida, pero también siempre con ganancias.

Se puede perder todo, la pérdida puede convertirse en un callejón, toca entonces hacer una nueva calle. Esta calle se construye desde las cenizas, pero es en sí algo nuevo.

Siempre se gana, pues, aunque sea doloroso, el cambio es transformación, como la oruga que se convierte en una colorida mariposa. Abre sus alas y va hacia la luz.

Despertar, comer frutos frescos cada día, recoger y sembrar buenas semillas. Te vuelves una roca pero no por tu dureza, sino por su capacidad para construir.

Redimirse es sin duda un renacer de tu propia materia prima, un producto mejorado de ti mismo, una emanación auténtica de tu ser espiritual.

Y es el amor el que lo hace posible, porque en el amor no hay sufrimiento, tal vez sí desencuentro.

DESGARRADOR O NO

El luchar es tan desgarrador, Bruna, por eso mejor si tienes un guía que te ayude a surfear las olas, así el aprendizaje es más llevadero y menos doloroso.

Aprender siempre es una tarea que lleva trabajo, pero hay diferentes tipos de esfuerzos. El trabajo no tiene que ser desgarrador, no hay que esperar a situaciones límite para aprender.

El crecimiento puede ser gradual, paso a paso. Pero también podemos aprender de un solo golpe. Esto es lo que yo llamo desarrollo desgarrador.

No hay que llegar al límite de desgarrar algo. En lugar de ello podemos sujetarlo con delicadeza y firmeza para buscar el desarrollo de esta manera. Es desgarrador también aquello que ocurre desde una sensibilidad que te destroza.

Claro que la sensibilidad es importante, pero hay sensibilidades que hacen daño. A veces se rasga muy dentro y duele. Pero no es necesario rascar tan fuerte para sacar algo bueno de una situación, porque se puede ir sacando a medida que se va integrando el aprendizaje.

En ocasiones he tenido un crecimiento tan desgarrador, y ha sido en gran medida porque soy muy emotivo, y aunque la parte emocional es importante para surfear las olas, son igual de necesarias otras dimensiones para ir creciendo.

EL COSTE DEL VIAJE

Bruna, en cualquier viaje tienes que hacer previsiones de los costes, ten siempre el control de tu viaje, sé tu mejor guía, sé tu mejor seguro.

El mejor seguro que puede tener un arma es la persona que la porta, así mismo, el mejor seguro preventivo que puedes tener es tu criterio. Es verdad que este criterio no siempre funciona a través de unos filtros racionales o procedimentales. Muchas veces nuestra sabiduría básica es más rápida que las propias cualidades de cálculo racionalista y matemático que podamos tener. Cualquier cosa que surja en tu mente es digna de confiar, pues todo parte de ella, el tema está en tener la claridad para ver lo que hay detrás de las apariencias, y de los filtros que ponemos con nuestras expectativas y miedos.

Por ello es importante saber en qué parte del viaje estamos. Dependiendo del trayecto que transitemos en nuestros viajes internos o externos, igualmente dependerá el tipo de experiencias que tengamos, así como nuestra habilidad para transitar por esos senderos.

Hay senderos con mucho tráfico y otros muy solitarios, pero siempre estarás acompañada de eso que ve a través de tus ojos, y que escucha por medio de tus oídos, tu propia conciencia.

Si tu base está bien, podrás traspasar cualquier camino por más complicado que sea, de ahí la importancia de las previsiones. Las previsiones de las que te hablo no son únicamente las materiales, sino también elementos o habilidades con las que puedes contar para tu viaje.

En todo caso, mejor no irse sin protección solar el desierto. A veces la riqueza de elementos no asegura el éxito de una misión, sino el saber qué herramienta es la más adecuada para cada momento. No cargues la mochila de tus viajes con cosas innecesarias.

Yo no puedo saber qué cosas que son las necesarias, y cuáles no, porque cada quien sabe lo que necesita para su travesía.

Sin embargo, cada vez que quieras mi opinión en relación a este tema, o a otros, siempre puedes acceder a la base de datos de experiencias que se encuentra en nuestro vínculo. Te darás cuenta que hemos construido y compartido espacio de experiencias más allá de nuestros conceptos.

Esta carta te la escribo cuando aún faltan tres meses para la previsión de tu nacimiento, pero aunque no pudiera verte el día de tu nacimiento, compartiríamos tejidos de vida y experiencias que residen en el espacio mismo.

Ya lo sabes, confía en ese elemento que compartimos al que puedes acceder cuando lo necesites, incluso en los sueños. Sé tu mejor seguro, sé tu mejor previsor. Es verdad que puedes confiar en las personas, pero tienes que darte cuenta que esa persona en la que confías, debe ser una persona que ha conquistado suficientes viajes en su vida.

Confiar en una persona que no ha sabido tomar el control de sus viajes, y que tampoco tiene mucha experiencia de vida, no es demasiado ventajoso. Todos queremos ser felices, pero las personas sin experiencia de vida por lo general son personas con miedo a muchas cosas, por favor, no te permitas tener miedo, no te atrevas a darte el lujo de quedarte congelada.

Mantén el calor en tu corazón, y si alguna vez necesitas permanecer en la quietud, pues disfruta de tu quietud y aprende de los estados de reposo. Saber moverte con astucia es una cualidad de la ausencia de miedo.

También podemos ver miedo en las personas que no saben parar, las que siempre necesitan escapar. Cuando estamos en este tipo de viajes donde escapamos, no disfrutamos de las cosas que tenemos, este es un gran riesgo. Supongo que en la vida hay muchas cosas válidas, pero siempre depende de la motivación.

Por ello, sea cual sea tu viaje, ten presente tu motivación, pero para ello necesitas claridad y sabiduría. La claridad la puedes obtener de pensar en lo que es más beneficioso para cada momento, la mejor herramienta, apartar el ruido inservible de los buenos ecos de tu mente. La sabiduría la puedes tomar de unir esa claridad con la conquista del espacio en el que estás, elegir el mejor camino.

Hay caminos que se entrecruzan, y si tienes calidad y sabiduría, sabrás qué elementos necesitas para cada camino que elijas. No quiero terminar esta carta sin decirte que si necesitas resguardarte por un tiempo, es muy válido e inteligente que lo hagas. Los descansos nos sirven para situarnos en el terreno que hemos recorrido, o el que nos falta por recorrer.

Esto nos ahorra energías, hay que tener unas piernas fuertes para caminar, pero también buenos ojos para saber por dónde ir. Estos espacios de descanso puede que te sirvan inclusive para esconderte, pero haz lo imposible por no esconderte de ti misma. Sé inteligente, estoy seguro que sabrás engañar a tu propio ego cuando intente congelarte y arrastrarte a su espacio. Y recuerda, realmente el ego no es algo externo que tenga poder por sí mismo, es un miserable reflejo que proyectamos desde un error en el sistema, es una miserable proyección que necesita de otro, no se puede valer por sí mismo.

El ego es como un pobre perro hambriento que le pide sobras a su ama, tú eres esa ama, cuando le enseñes al perro quien tiene el control, en este punto ya no tendrás que luchar, pues sabrás que siempre fue una ilusión. Se abrirá otra dimensión de funcionamiento en que multiplicarás tu campo de acción. Desde allí no habrá viaje que no puedas conquistar.

ESFUERZO Y ELOGIO

Mi carencia afectiva en su tiempo me hizo buscar en muchos sitios. Uno de esos sitios donde me refugié fue el deporte.

La actividad física tiene la capacidad de ponerte en buena forma externa e incluso mental. Es una gran suerte contar con prácticas que nos permitan desarrollarnos como seres biológicos, a la vez que nos desenvolvemos mecánica y mentalmente a través de los fenómenos de este mundo.

Jugar con el tiempo y el espacio, desafiar nuestra capacidad física y llevarla a donde otros no se atreven. Esforzarnos por las rutinas, por las repeticiones, disfrutar en la interacción estética con el mundo, y al mismo tiempo aprender a trabajar en equipo.

Hasta este punto toda actividad física, o cualquier otro tipo de actividad humana, se habrá convertido en algo beneficioso.

Cuando el deporte u otra actividad pasa a ser un espectáculo, bien sea social o individual, hay que tener los ojos abiertos. El elogio de alguien no puede ser la finalidad o la motivación de las acciones.

Nuestro ego está atento para alimentarse de todo lo que encuentra a su paso, sobre todo de aquello que más disfrutamos.

Por tanto, lo mejor es siempre mantener el foco en la motivación del por qué hacemos las cosas.

Algo que puede ser vivido de manera maravillosa, puede convertirse en un calvario. Hija, no está bien el exceso de arrogancia, pero tampoco es necesaria la falsa modestia. También me pasó en la vida intelectual. Los esfuerzos intelectuales traen unos frutos muy buenos, pero que también son apetecibles al ego. No hay que esperar demasiados elogios por aquellas cosas que simplemente hay que hacer.

No es para nada desesperanzador esto que te digo, más bien es liberador. Pues significa que hagamos lo que hagamos, la recompensa tiene que acercarnos cada vez más a un estado de verdadero bienestar.

Las actividades y prácticas no pueden ser una cárcel o un martirio. Hay que aprender a beneficiarse de aquello que somos capaces de realizar, creo que esa es una buena manera de elogiar el esfuerzo.

Dicen que hay que elogiar los esfuerzos, y yo agregaría que hay que elogiar aquellos esfuerzos que están guiados por una motivación buena, clara y firme.

LO NATURAL

Bruna, identifico lo natural con el funcionamiento propio que tiene alguna cosa, se es natural cuando te dejas llevar por el acontecer del momento presente. Puede que un día nos sea natural actuar un pensamiento de forma inmediata, o a veces lo natural sea dar vueltas con relación a lo que ocurre dentro o fuera.

Entonces, lo natural es el dejar ser, o bien el mejor funcionamiento de una situación en un momento determinado. Puede que actúes por intuición, y eso es natural, puede que actúes por reflexión, y eso también es natural.

Actuar desde lo natural es dejar a la mente ser, pero si es una mente perturbada, hay que poner un policía entre el umbral del pensamiento y los hechos, es decir, un filtro en la acción.

Esto es posible mediante el autodiscurso, la autoregulación, o sea, el yo, el freno al fluir. No es lo más adecuado para el funcionamiento pleno de la mente, pero es lo necesario para poder racionalizar sobre la compasión y el amor.

El discurso construido es una versión a veces casi engañosa de la realidad. En todo caso, es una buena herramienta para una vida digna. Por eso en otra carta me tomo el tiempo de explicar, que cuando actúas desde la compasión y el amor, el resultado siempre es lícito, aunque no siempre acertado.

Es lícito porque tu acción estuvo mediada por tomar en cuenta el no hacer daño. Y lo referente a lo bueno o malo, pertenece al mundo de la moral. En todo caso, actuar desde el ser consciente, siempre mantendrá tu corazón tranquilo.

MARCAR TU ESTILO

Creo que en este paso por la vida, es saludable marcar el estilo propio, pero eso sí, hija, que este estilo no sea una cárcel para ti misma.

Creo que marcar un estilo nos ayuda a reconocernos a nosotras mismas dentro de la multiplicidad, ahora bien, esto no debe hacerse por reconocimiento social y publicitario, más sí por autorreconocimiento.

Es bueno recordarnos a nosotras mismas quienes somos, o lo que nos define, pero debes recordar, hija, que no debes aferrarte ni siquiera a esa idea de ti, vívela y sé ella, ten en cuenta que es algo que te ayudará a vivir de una manera más consciente de ti, pero que pudiera ser algo transitorio dentro de la grandeza de tu vida.

La manera en que eres puede cambiar, pero ser consciente de ti misma en cada una de tus etapas y maneras de ser, te ayudará a ver que siempre ha habido algo que sí es verdad que permanece inmutable, tu consciencia, tu amor, tu luz, tu apertura y tu fuerza.

MATICES

El arco iris tiene muchos matices, y la realidad no es diferente. La vida tiene situaciones en las que cuesta definir en qué franja se está, a veces es necesario saberlo, otras veces no tanto.

Aunque en apariencia parece difícil saber cuándo se pasa de un color al otro, es sabido que los colores del Arco de San Martín están bien definidos.

A veces llevamos la vida por senderos en los que no sabemos si hemos tomado una decisión adecuada. Dudamos de nosotros mismos, pero suele haber una cierta sabiduría intrínseca, que nos dice que vamos por buen camino.

En las personas malvadas ni siquiera existe esa pregunta en su interior, por tanto, si somos capaces de preguntarnos si estamos siendo justos, es porque hemos comenzado a distinguir los colores en aquellas situaciones de la vida, en las que nos cuesta un poco más distinguir entre lo que es justo y lo que no.

En la medida que seamos capaces de aprender a diferenciar los matices, confiando en nuestra bondad y sin necesidad de orgullo, habremos aprendido un poco más acerca que cómo fundirnos en el arco iris y sin perder la capacidad de distinguir entre colores. Confiar sin temor y tener una mente intrépida y sabia.

PARA CUANDO YA NO TE PROYECTES EN OTROS

Antes de nada, he de decirte que tienes que conocer las cosas por ti misma, aun así quiero compartir contigo un par de cosas que me han sido útiles en la vida.

En el día de hoy te quiero hablar de aquellos casos en los que te identificas con alguien, bien sea por algo que te guste o que te disguste.

Hay que entender que el hecho de identificarnos con algo, ya supone un tipo de relación con dicha cosa o persona.

A veces llega en momento en el que debemos cortar con estas identificaciones, En ocasiones tenemos que trabajar con ellas para aprender, pero llega un momento en que si resuelves esa parte que proyectas en alguien, puede que tu trabajo ya esté hecho, y que le toque a la otra persona comprender el hecho intrínseco en vuestra relación.

Si esto no es posible, si aun resolviendo tu parte correspondiente a una relación con alguien, si dicha persona no pone de su parte, tienes que saber soltar.

Tal vez tu ya has resuelto tu parte de identificación en una situación, pero si aun así ves que la persona persiste en atarse al problema, puedes hacer dos cosas.

Puedes tener un poco de paciencia e intentar comprender desde la compasión, el por qué esta persona se comporta así. Sé cautelosa pero sin ser demasiado desconfiada a la hora de tener paciencia.

Si aún teniendo algo de paciencia, no ocurre ningún cambio, pues no pierdas tu tiempo. Ya en ese punto has hecho tu trabajo, y puedes decidir irte. Es difícil dejar ir algunas situaciones o personas, pero no tienes que fustigarte si tu has hecho tu trabajo y has evolucionado como ser.

PEQUEÑA OBSESIÓN

Bruna, hay momentos en la vida en que nuestra mente está sedienta de alguna obsesión. A veces hay que dejar que el caballo galope libremente en lo que parece una actitud errante y compulsiva.

No es fácil educar a la mente, por ello, en ocasiones hay que soltar un poco la rienda, pero jamás perderla de vista.

Esa pequeña obsesión puede significar un estado transitorio de sabiduría loca, y un paso a un algo más grande, la libertad y la ausencia de miedo.

Somos seres mutables, y en el proceso de la mutabilidad también ha de haber alguna transición que lo remueva todo un poco. Desde fuera, este proceso puede ser visto como un movimiento errante y sin sentido, pero hija, no hay nada errante en el universo, todo está conectado con algo.

En esas pequeñas batallas de transición obsesiva, lo que ocurre es que estamos un poco desorientados, y es nuestro trabajo aprender a reconocer gradualmente con qué estamos conectando cuando decidimos abrirnos.

Esas pequeñas obsesiones pueden ser por ejemplo la música, algo que nos lleve a otro nivel de ser con las cosas. La cuestión es estar atento, para dar con el momento justo en el cual tensar la rienda y galopar a través de los ojos de la yegua salvaje.

Todo esto es parte de nuestra transmutación. Si no nos identificamos con la emoción, si no funcionamos por medio de ella, sino más bien la observamos, entonces dejamos de estar sometidos a ella como un caballo sin amo.

Es en el paso de la comprensión, que no tiene que haber un yo que se sienta aludido por lo emocional, sino que es una emoción observada por la consciencia, quien a su vez la valora como un fenómeno más, dentro de la multiplicidad de fenómenos. La emoción ya no es un bien personal, sino que es vivenciada como un fenómeno del universo, o bien que interactúa en el espacio mismo.

PERSPECTIVA HUMANA

Verás, Bruna, yo veo una diferencia substancial en algo que es auténtico y algo que es real. En nuestra sociedad occidental es frecuente pensar que lo real es aquello que es tangible desde una posición positivista, por otro lado, es bueno decir que si lo vemos desde otro enfoque, hay que pensar que todo ese positivismo se basa en una observación dual de la realidad.

Si hay separación, hay dualidad, si hay dualidad, hay el tú y el yo, sujeto y objeto. Y por supuesto que hay algo que es consciente y algo de lo que se es consciente, pero el tema está en que en muchas de las visiones del mundo occidental, se tiene una perspectiva disociada de la realidad.

Cuando vemos al objeto y al sujeto como algo ajeno, no nos percatamos de ciertos elementos muy relevantes a tener en consideración para poder entender que el sujeto mismo, es quien moldea el mundo que experimenta. Tal vez es por esta interacción dual de ver las cosas, que a veces somos superficiales.

Veo la superficialidad como un estadio más dentro proceso de conocimiento, no la niego para nada, más bien la disfruto como parte del proceso. Ahora bien, sí es verdad que siempre apuesto por que seamos auténticos. Para mí lo auténtico es algo que traspasa todas las barreras, es algo que provee de una visión penetrante, no tienes los límites de la dualidad.

La autenticidad disfruta del lujo de no tener necesidad. Eres quien eres y punto, solo estás pendiente hasta qué punto tus acciones lastiman a otros para no hacerlo, pero fuera de ello no hay límites, sólo los que tú te quieras poner. Si no hay necesidad de demostrar, eres libre.

Así pues, a veces me cuesta entender lo que hay detrás de la palaba real, pero siempre disfruto de la palabra auténtico.

PLENITUD

Bruna, si no te sientes realmente satisfecha con lo que pasa, y culpas al exterior de lo que ocurre, es porque tu mente no se tiene a sí misma.

Una mente que es consciente de si, vive con plenitud hasta la mayor de las pérdidas. ¿Qué quiere decir esto? Quiere decir que si una persona se tiene a si misma, dicha persona es consciente de que lo que se vive, es una proyección de su propio potencial. No quiere decir que la mente tiene el poder para influenciar a alguien y que nos de o no una bofetada, pero, en un nivel cuántico, sí que el hecho que nos topemos con personas desagradables, viene dado a que hay algo en nosotros que nos está uniendo a este tipo de experiencias.

Qué queda hacer, pues hay que dejar que las aguas se calmen, y observar el tipo de influencias que salen de nuestro subconsciente, y luego empezar a trabajar en mejorarlas.

Poner mejores semillas. Pero esto no es posible desde la negación, sino desde la aceptación de que somos nosotros los que constantemente estamos moldeando la realidad que vivimos, tanto a nivel mecánico, físico y cuántico.

POSICIONAMIENTO

Me doy cuenta que en ocasiones es mejor posicionarse, y luego, o reafirmar, o retractarse. El posicionamiento es una elección que se toma ante algo o alguien. Dentro de la elección hay opciones, a veces.

La incertidumbre es algo que nos puede mantener congelados, en ocasiones vagando. Ahora bien, cuando es un asunto muy delicado o que lo amerita, quizás mejor esperar antes de elegir una opción.

Pero básicamente lo que quiero transmitirte ahora, es que en muchas situaciones de vida, es mejor posicionarse con firmeza, pero siempre teniendo en cuenta que nos podemos equivocar.

En este supuesto no importa si nos equivocamos, porque luego tendremos la valentía de reafirmarnos o de retratarnos, pero eso sí, tiene que haber esa voluntad de reconocer la no perfección de nuestras decisiones, lo cual implica la superación del orgullo, ser libres.

REFLEJOS DE INTEGRIDAD

Hija, no hay que esperar o desear menos que amar. El amar es la muestra fehaciente de que estás conectada a tu fuente.

Amar es un ejercicio y un camino. Hay muchas formas de darte cuenta de si estás amando o si es otra cosa, como por ejemplo la mezcla de ciertas emociones e imágenes poco precisas o pasajeras.

Cuando brota amor es porque hay acceso a la fuente. Este es un estado continuo en el que siempre eres presencia. Estás despierta, se calma la mente calculadora y eres consciente de todos los procesos que ocurren a tu alrededor.

Quizá tu corazón se rompa algunas veces cuando tengas la ocasión de experimentar el amor de pareja. Pero el amor último permanece íntegro e intocable, porque parte de tu propia fuente.

Creo que incluso el amor dentro de las relaciones humanas y de pareja, puede surgir directamente de la fuente, en esos casos el resultado de gozo compartido surge de la fuente inagotable de la persona. El amor de pareja funciona desde la integridad de cada una de las partes que lo componen, libres de condicionamientos sociales, emocionales o psicológicos.

En el proceso de acceder a tu fuente se puede caer muchas veces. El acceso puede venir como un rayo o de manera gradual.

Cuando viene de manera gradual hay que ir aprendiendo, tienes que levantarte una y otra vez.

No necesariamente se tiene que caer muchas veces, pero sean pocas o muchas las veces, el principio es el mismo. Creo que podemos evitarnos muchos dramas en la vida si somos listos.

La inteligencia es una cualidad más de los seres, pero no es la única. Con esto te quiero decir, que el ser una persona lista no quiere decir hacer un uso meramente racional de tu inteligencia.

Precisamente una de las maneras de acceder a tu fuente, es aprendiendo a actuar desde tu corazón, esto es, desde tu totalidad, desde tu integridad, donde se conjugan la realización de tus cualidades. Intuición, inteligencia y emociones deben estar enlazadas y nunca desfasadas una de la otra.

Te amo tanto Bruna, que no puedo hacer otra cosa que darte lo que creo es necesario, y de lo cual he aprendido las lecciones más importantes. Siempre puedes acceder a tu fuente.

Estos son algunos de los reflejos de la integridad, estar completa pese a lo que ocurra.

SER LA DUEÑA DE TU CIRCO

Imagina que tienes un circo con animales, hay leones, cebras, gansos, liebres... esos animales tienen cada uno su momento para actuar, incluso algunos actúan en conjunto. Ser dueña del circo te pone en una posición de mucha responsabilidad, entre otras cosas, tienes que estar pendiente que el león no se coma a los demás, o que el mono no robe las llaves de la jaula.

El tema aquí es saber cómo gestionar esa variedad de seres que se encuentran en cautiverio, así como las emociones, a veces los animales deciden actuar por su cuenta, es entonces donde tienes que mirar más allá de todo para ser la dueña del lugar.

Por otro lado, tampoco puedes vivir obsesionada por cada movimiento que hagan tus animales, o de lo que hagan tus emociones. Solo con que todos sepan que eres la dueña de tu propio circo de emociones, todo estará tranquilo.

Ahora bien, piensa que todos esos animales están fuera de su hábitat, pues se han hecho a un lugar muy diferente al que deberían estar. Recuerda que por mucho control que tengas de la situación, habrá una inclinación natural hacia la liberación de todos esos seres que tienes enjaulados.

El tema aquí es saber en qué momento liberar a cada uno, es una mezcla de sentido común y confianza. La meta debería ser la de liberar a todos, y aun así ser la dueña de tu circo, aunque ya no será tu circo, sino aliados que tendrás en todo momento y en todo lugar.

Ya no hará falta cadenas o jaulas, sino que habrá la suficiente confianza y poder, como para atreverte a liberar todo tu potencial sin temor a que haya errores, habrá confianza plena e instantánea en todo momento. Tampoco creas todo lo que te digo, pero sí prueba por ti misma y sabrás.

Claro que también puedo estar equivocado, pero sí puedo decir que hablo desde la experiencia de vida, no desde los manuales de cómo vivir. Tampoco tendría la osadía de decir todo esto a cualquiera, pero tratándose de mi hija, me parece un gesto de responsabilidad hablarte de las cosas que he aprendido en la vida.

Los animales son más bellos en su estado natural, sin las obsesiones y miedos que puedan desarrollar con las cadenas. Aunque es verdad que también se comen unos a otros, parece que este sea un proceso que se da de manera natural entre ellos. En todo caso, mejor una vida con libertad y riesgos, que una vida triste y larga en un circo de mala muerte.

Mejor hacer que tu circo se libere en el mandala que tú decidas construir. Poner sobre ese mandala a la compañía que quieras para tu viaje en el mundo material y espiritual. Si logras que tu león pueda convivir con un suave antílope, será en mayor logro, solo el amor es capaz de hacer que el perro y la oveja puedan convivir y trabajar en equipo.

Practícalo, llegará el momento que ni siquiera tendrás que vigilar para tener el control, simplemente lo tendrás y actuarás a través de él.

ORA SIEMPRE EN TU MENTE

Siempre ora a tu mente, mientras te duermes, mientras despiertas. Mientras llegas, mientras haces o te vas de una actividad. Pide tener contacto con la base, para reconocer que quien pide y lo que se manifiesta son lo mismo.

Ora a tu mente para reconocer que paz y guerra son el resultado de una proyección. Nuestra mente pone los objetos que experimenta. Ora para liberar a tu mente de una visión dualista donde lo interno y externo parecen como diferentes. Pide para reconocer que el poder de construir y lo construido reside en tu atención.

Ora para entender que no hay objeto ajeno a la consciencia, sino que la consciencia misma es quien genera su objeto. Ora para estar atenta que amor y odio no son objetos externos los cuales pedir como un deseo ajeno a nosotros, sino que en cada uno y a cada momento emana eso mismo en que ponemos la consciencia.

Ora para entender que cielo e infierno están allí como un producto de aquello en que decidimos poner nuestras fuerzas. Ora para tus adentros, para tomar contacto con el arquitecto.

Ora por ti, para agrandar tu propia consciencia y superar las contradicciones. Ora por ti, para entender que el deseo y el objeto que lo hace posible son lo mismo.

Así se alineará aquello de donde emana la luz y la oscuridad, con quien observa y experimenta, así habrá paz y sosiego en ti, así habrá comprensión y alivio. Así ya no habrá que buscar respuestas en otro sitio, así todo empezará a ser libre de contradicciones y dualismos. Ora para alinear al arquitecto con quien observa lo edificado.

SIN ENTENDERSE TAMBIÉN SE PUEDE

Se puede convivir aun pensando cosas diferentes de un mismo objeto o fenómeno. La cuestión reside en el nivel de funcionamiento. Entre cuerpo, habla y mente puede haber muchas opciones para elegir.

Puede que a nivel mental estemos en desacuerdo con algo, incluso si ese algo pasa a nivel del habla, pero si ese algo implica una relación corporal, entonces sí que habrá problemas. Es lo que pasa con esas religiones, políticas o filosofías, que intentan quitar libertad de movimiento.

Podemos vivir en desacuerdo, pero no puede haber sometimiento de unos por parte de otros. No hace falta asumir o ni siquiera contemplar la manera de concebir de otros, ahora bien, si la coexistencia requiere ponerse de acuerdo, vale la pena intentarlo, una, dos, o unas cuantas veces, pero tienes que saber hasta cuándo intentarlo, a veces simplemente hay que romper el jarrón.

Creo que el amor es la base de todo, pero tampoco se trata de ser tontos. Si has actuado con bondad y has dado espacio para el entendimiento, ya has hecho bien el trabajo, los demás también deben poner de su parte.

Te quedará decidir hasta cuándo intentarlo.

En ningún momento mi intención es ejercer presión sobre ti para que actúes de una u otra manera, sé tu propia luz, y si puedes dar esa luz a tu entorno mejor aún, eso sí, si en tu alrededor hay tanta estupidez que no son capaces de aprovechar esa luz que regalas, vete a otro sitio.

Es bueno aprender a darse cuenta del momento en que debemos de dejar de desperdiciar el combustible de nuestra llama, y en lugar de ello hacer que caliente a otros que sepan aprovechar mejor tu calidez.

TIEMPOS DE PANDEMIAS

Seguramente no será la primera vez que tendrás que vivir el estar aislada socialmente por razones de protección, bien sea por pandemia, o por otro tipo de fenómeno.

Creo que una cosa es estar aislado socialmente, y otra el estar o sentirse confinado. La libertad es en sí algo que se puede obtener en cualquier circunstancia, te lo he hecho saber en anteriores escritos.

Estar confinados es estar preso, carente de algo, en cambio el estar aislado o resguardado, es sólo un estado condicionado y momentáneo en que uno se protege de algo.

Eres mi luz y no seré pesimista ante la mujer que más quiero, pero he de ser franco contigo al decirte que estamos en épocas donde hay que recurrir a resguardar continuamente el trigo que nos alimenta.

Hay diferentes tipos de trigo, el que alimenta al cuerpo, también lo hay el que alimenta a la inteligencia y creatividad.

En todo caso, todos alimentan nuestras capacidades, pues la mente es inseparable de todos los aspectos de los cuales ella misma es capaz de percibir, el cuerpo, el intelecto, y las emociones. Todo parte de la fuente.

Quiero transmitir esperanza, pues en estos tiempos de resguardo, muchas cosas buenas están apareciendo. Realmente son los tiempos donde vemos que no es tan importante tener tantas cosas, pues con tener el clan y un poco más ya es suficiente para sobrevivir y aún más, para vivir.

La fuerza está en el núcleo y en estos tiempos podemos acceder a ese núcleo en cualquier momento. Ya sea el núcleo del grupo o el personal, estar conectado a la base nos proporciona lo que realmente necesitamos.

En este mundo donde pareciera que tomar un vuelo es lo que da libertad, hemos aprendido que hasta las aves necesitan de la tierra,incluso aquellas aves que nunca pisan el suelo, igualmente dependen de la tierra que alimenta el fruto de la copa del árbol.

Este mismo mundo nos muestra que pese a querer vivir en lo más alto, todos tenemos unas raíces que nos alimentan. Hay que estar conectado a la fuente si queremos estar en nuestro centro. Hay que alimentar y cuidar esa fuente para que sus raíces estén fuertes y para que sus hojas puedan lucir su verdor.

La maduración de los humanos se puede mostrar en cualquier ocasión. Hay árboles fuertes y bellos que están cubiertos de plantas parasitarias.

Hay quienes dependen de la fuente de otros para alimentarse y sostenerse, pero a veces hay demasiadas plantas parasitarias y es cuando hay que liberar un poco nuestro tronco y nuestra raíz.

No todo está perdido, no todo es una fatalidad. La orquídea es una planta parasitaria que da una flor muy vistosa, y con una variedad de colores exquisita. Hasta la orquídea sabe que no se puede asfixiar el tronco de quien te sostiene.

De la misma manera, debemos cuidar de los otros que necesitan algo de sostén, pero hay que vigilar que nuestras conexiones a la raíz estén siempre sanas y no se rompan.

En nuestro tiempo es fácil que esas conexiones a nuestra fuente se vean amenazadas. Es una amenaza autoimpuesta pues en todo momento tenemos la oportunidad de acceder a nuestro potencial y a protegerlo.

No hay que estar unidos mecánicamente a otras plantas para poder proveerles de cosas buenas. El cedro da sombra al cacao y al café, pero sin perder nada de sí. Y así hay muchos ejemplos de cómo algunos nutren el suelo para que los otros crezcan sanos y fuertes.

Pero si no cuidas tu follaje, tu raíz y tu tronco, nada podrá crecer en ti, ni siquiera para tí misma. Al final somos una especie vegetal y animal.

En nuestros corazones hay espacio para todos y todas, pero depende de cada cada uno hacer que sus raíces estén fuertes, que su follaje esté sano, y que su flor brille con luz propia.

Hija mía, cuida la integridad y fuerza de tu corazón, da el amor que siempre es capaz de emanar de tu ser, y estáte atenta al sonar de los tiempos.

PD. Recuerda que donde las aves han decidido poner su canto, allí es un buen sitio para confiar.

TRANSACCIÓN

Hija, en la vida hay diversos tipos de transacciones, incluso transacciones de cosas impensables. Sea como sea, sé inteligente cuando hagas algún intercambio o negocio.

Mira con quien haces la transacción, observa y deja que tu inteligencia básica e intuición hagan el resto. En especial cuando haya escasez de recursos. Incluso la pareja puede ser en sí una transacción, sin que ni siquiera seamos consciente de ello. Muchas veces estamos enajenados por sentimientos e ideas, y no vemos más allá de lo que es evidente.

Hacemos transacciones con lo material, con los valores, con las emociones. El intercambio siempre está, por eso sé consciente de cada ecuación y posición en la que te encuentres, y mira qué estás poniendo sobre la mesa y qué ponen las demás personas.

La vida tiene que ser una correspondencia que no siempre tiene que ser igualitaria, pero quizá sí equitativa, en todo caso lo importante es que sepas la franqueza que hay en cada parte.

Si la franqueza no está asegurada no hay un buen trato. El trato es la manera en como nos tratan y la manera en que interactuamos, por tanto, el trato se constituye de dos partes.

Sé perspicaz en tus transacciones pero no enturbies tu mente con demasiadas dudas, simplemente observa si todas las armas de los presentes están sobre la mesa, y si hay menos armas que personas en la sala, mejor recoge la tuya hasta que haya correspondencia, hasta que haya franqueza.

No siempre el que mira a los ojos es una persona en la que puedas confiar. Observa cuántas manos hay sobre la mesa.

ALUSIÓN, CANDIDEZ, INOCENCIA

Cuando somos muy jóvenes tenemos muchas etapas de ilusión, idealizamos el mundo, tenemos a flor de piel la candidez e incluso la inocencia. Con el tiempo estas cosas van cambiando.

Me gusta verte, Bruna, y ver esa expresión de ilusión, candidez e inocencia. El reto está en mantener estos valores en la vida aun cuando la vida de adulto muchas veces está llena de decepciones.

No es un motivo para decaer pues las decepciones forman parte de un proceso de crecimiento como persona. Es el salto entre en mundo que hay, y el mundo que queremos vivir y construir.

El reto es ir moldeando ambos mundos en uno solo. Esto quiere decir, mantener estos valores que traemos desde la niñez, e ir al mundo adulto en consonancia con la candidez primaria de la infancia.

Esto no quiere decir que como adultos vivamos en algún estado equivocado, sino que la sencillez, es rota por la complejidad de la abstracción de la mente adulta.

UNA CONVERSACIÓN

En una conversación vale más querer escuchar que querer decir, el tiempo de la escucha y el silencio debe acompañar tiernamente a las buenas palabras.

Hacer del espacio del silencio una buena compañía, hace un corazón atento y una mente serena. Las palabras deben dar un paso apropiado a los oídos de quien las escucha.

Hay que escuchar las otras palabras, y las propias, así seremos conscientes del ruido que emana de los demás y de nosotros. Querida Bruna, escuchar es un acto de amor, y la contestación es la dulce compañía de una compasiva escucha.

Cuando escuchamos estamos observando al mundo y sus criaturas, reconociendo todo cuanto hay más allá de nosotros. La expresión del amor por medio de la escucha atenta, apacigua la mente inquieta y da paz al espíritu.

Entre el cuerpo y la mente reposa esa otra parte consciente que también somos, pareciera un espíritu quizá, o una consciencia, o Dios, el ser supremo, la arquitecta... ese algo que está más allá de nuestra sensación física y los pensamientos.

Ese pedazo de gloria que sólo se saborea si prestas atención a lo que hay. Lejos del ruido y cerca del silencio, donde lo hay todo. El silencio no es la nada, el silencio es el espacio físico y metafísico donde escuchamos la expresión de lo que hay, es permanecer en lo que hay.

UNA NUEVA MANERA DE SER

Quizá esta sea una de las cartas más importantes que te hago. Son tiempos difíciles a todo nivel, hacia todas las direcciones, y en todos los lugares.

En tales circunstancias sólo puedes refugiarte en aquello que sea un verdadero refugio, la bondad, la perspicacia, el amor, la entrega, ahorrar y guardar algo de dinero.

El ahorro va dirigido en varias direcciones, y toca todas las dimensiones humanas. De hecho, cuando orientas tu mente hacia lo que realmente importa, tu mente adquiere un gran excedente.

Aquello que es un refugio es tu propia mente. Lo importante es que el observador que mira lo que ocurre esté despierto en todo momento, en cada respiración. Todos tenemos una mente, pero la manera de acceder a su potencial es a través de la conciencia.

Hay que cuidarnos de que la vida no sea un lugar para el hedonismo. Cuando accedemos a nuestro potencial dejamos de consumir, dejamos de ser parásitos de nuestras propias capacidades, es entonces cuando somos capaces de generar, de reproducir y ofrecer.

Sean tiempos difíciles o fáciles, siempre hay que lograr acceder al fondo del asunto, a la fuente, limpiar las hojas del otoño y así poder cosechar las cosas buenas en primavera.

Cuando entrenas tu mente para que de valor a aquello que es importante, esta de manera natural ya no reconoce aquello que no tiene importancia. De alguna manera se es capaz de ser consciente de todo lo que te rodea, pero para ti ha perdido importancia aquello que no apunta al potencial mismo, sino que es un remanente externo y desgastado de la fuente.

Te estoy hablando de un proceso natural, todo esto no requiere un constructo o arquetipo reflexivo o racional para ser experimentado, te estoy hablando del reconocimiento estético de la realidad.

Realmente, cuando ya ha ocurrido este proceso, previamente tú has cimentado una considerable confianza en tu mente. Tanto como proceso natural que experimentas, como proceso consciente en el cual puedes observar, tú como observador puedes confiar en esa fuerza interior. Ves cómo hay algo allí estable, limpio, fuerte y confiable.

Pues bien, la construcción de esa confianza puede ser un proceso gradual. Y es habitual que empieces a ver cómo todo alrededor se deshace.

Lo que se desmorona es aquella incorrecta interpretación de la realidad a la cual estábamos habituados.

Nuestras interacciones internas y externas empiezan a cambiar. En donde pareciera que todo se desmorona, las relaciones con las personas, los hábitos, el trabajo... Todo, hija, todas nuestras dimensiones se ven trastocadas.

En este punto es natural que la mente experimente miedo, rabia, o cualquier tipo de emoción. Las cosas nos empiezan a parecer amenazantes. Pero el miedo sería como la fuente de todas las demás emociones, pues todo nuestro andamiaje de arquetipos y estructuras se están poniendo a prueba.

Es normal que ya no frecuentes a los mismos amigos, los mismos lugares. La vida tiene un giro. Pero lo importante es mantener el talante, la calma. Aguantar, aprender a tener resiliencia, adaptación y aceptación.

En ese momento hemos roto el capullo y la flor empezará a mostrar sus formas, colores y olores. Y gradualmente esa sensación de vivirse desde otro lugar, va tomando forma y afianzándose. Entonces ya no queda otra cosa que empezar a disfrutar.

UNA POSICIÓN DIFERENTE

Bruna, la verdad que por lo general había estado en una posición altiva ante las cosas. Era una altivez disfrazada de una posición activa. Siempre tuve la creencia que era necesario estar en una posición de ataque o defensa para afrontar las cosas.

Pero tal posición tiene muchos inconvenientes, pues puedes estar nervioso, iracundo, orgulloso... En lugar de eso ahora empiezo a leer el espacio desde la serenidad, que también es una posición tremendamente activa.

Me parece que hay un mal entendido entre ser consciente y ser activo. Diría que ser consciente es abrirte a lo que el espacio mismo tiene para dar, sin querer controlar, sin pretender arrojar o arrollar.

Mirar lo que hay es un acto de amor, de consciencia, de mirar a la bondad que ocurre en el espacio. Hay fuerzas o entidades que por sí mismas leen lo que ocurre en el espacio, pero son fuerzas que muchas veces se hacen difíciles de observar, puesto que están en un tiempo diferente del que muchas veces vivimos los mortales.

Por eso, el generar un espacio es importante, generar un clima de observación desde donde poder actuar desde la ecuanimidad.

Verlo todo a modo de experimentador, sin perdernos en la frial-
dad de un observador apático, sino más bien ser una observadora
que mira la totalidad, y para hacer eso, hace falta mirar con
bondad o de manera amorosa a las cosas que ocurren.

No es una cuestión de sentimientos, sino de entendimiento,
porque al abrirnos a la ecuanimidad, nos abrimos al dejar que el
espacio se exprese y dé su enseñanza.

No quiero ponerle nombres a esa reflexión, o vincularla
demasiado con mi práctica espiritual personal, puesto que me
gustaría que tú encuentres tu propio camino sin sugerirte alguno
en específico.

Pero en mi caso he llegado a entender, que cuando nos abrimos al árbol de nuestros maestros, nos estamos abriendo a la
bondad.

Es delicado abrirse a un maestro físico. Para abrirse a la totalidad de las cosas por medio de la enseñanza de un maestro físico,
es imprescindible comprobar constantemente aquello en lo que
nos estamos refugiando.

Para saber si se va por buen camino al seguir a alguien basta
con observarse a uno mismo y lo que uno está haciendo con su
vida, ese es el verdadero trabajo de auto observación.

Saber mirar ese es el secreto, y para saber mirar hay que primero estar sereno, y segundo ponerle algo de canela a tu vida.

Esa apertura a mi maestro me ha enseñado a ver en frente de
un lago, la bondad y el amor que soy yo mismo, las cualidades
humanas que tenemos, la belleza de las cosas. Cuando te pones
en frente de un lago, gradualmente empiezas a observar cómo
todo se va reflejando en el agua, hasta que miras tan dentro del
lago que te das cuenta que las figuras hermosas y sublimes que
habías puesto en frente de ti, eras tu misma, e irremediablemente
ya has empezado a mirarte en el espejo.

Y precisamente estamos observando una naturaleza cercana, personas, objetos, colores, todo esto nos lleva a otro nivel del mirar. Por eso que sea cual sea el camino que tomes, todo dependerá del desarrollo de tu observación, allí está el secreto. Solo tú tienes acceso a tu manera de mirar las cosas, a tu manera de mirarte a ti misma.

Espero que estas palabras te puedan ayudar, estoy seguro que de algo te pueden servir puesto que son palabras que vienen de un padre amoroso hacia su hija sabia. Y hablando de mirar la sabiduría y bondad de las personas he de decir que, en cuanto esta manera de mirar, se la debo en gran medida a una persona especial para nuestro presente. Se deja entrever que la maestría está a nuestro alrededor, sin tener que mirar muy lejos, sólo hay que estar abierta a leer el espacio, y a lo que enseñan sus criaturas y fenómenos.

VIDA EN CADA SEGUNDO

Hija, la vida dura tanto como cada segundo que vivimos, esto podría entenderse como que la vida es tan corta como cada segundo, y tan plena como lo que es capaz de realizarse en éste.

Ya en otro escrito hablo de lo que considero que es la realización, pero básicamente me parece que realizar algo, significa vivirlo desde todo nuestro potencial. Más allá de ser algo a lo que se llega al acabar unas etapas, o llegar a una meta, realizar algo significa para mí, que lo estás viviendo en plenitud.

No se trata solo de un fin teológico, sino de una actividad que tiene su esplendor si lo realizamos, y realizarlo quiere decir para mí, ver lo que hay en el justo momento que ocurre, sin esperar un resultado diferente al que ya tenemos frente a nuestra nariz.

Enfocarnos en lo que tenemos más cerca de nuestra nariz, nos hace realizarnos en lo que hay, sin más, en ese preciso momento o seguro la vida se realiza, y si somos capaces de verlo, ya lo hemos realizado, nos hemos hecho realizadores. Ya no hay que buscar en ningún sitio, la vida simplemente ocurre, y sólo queda trabajo por hacer.

Desde allí tu arquitecta puede empezar a construirte, que no es otra cosa que vivirse en todo lo que ocurra. No es un estado de pasividad inerte, pero tampoco de constante zozobra, es un punto medio.

VIVIR DE LOS INTERESES GANADOS

Bruna, la mente tiene tantos lados como situaciones puedan reflejarse en ellos. Hay una parte muy básica del funcionamiento de la mente, que tiene que ver con la administración de la energía que se desprende de ella.

Entre la euforia y la depresión hay un punto medio y es la ecuanimidad, pero esto no es una idea que se tenga que entender o un constructo mental que se deba elaborar.

Cuando meditamos no hacemos otra cosa que observar. Ponemos la mente en el objeto de la meditación, esto significa que se pone la consciencia en una acción muy básica, la observación.

Cuando observas no evalúas solo meditas, sujetas el objeto frente a ti pero no lo interpretas. Es como atestiguar un hecho que ocurre, eres consciente como un observador.

Así, la vida consiste en pasar de esa observación a una acción, el mundo de la compasión, donde proteger o proveer tienen un sentido. Es el paso de la expresión vibratoria al estado donde se le da un cuerpo a las cosas, y todo ocurre dentro de un espacio.

Donde lo pensado, la acción, y quien la ejecuta, funcionan en un conjunto, siendo el sujeto observador y ejecutor. Somos causa formal y causa eficiente. De nosotros puede tomar forma y hacerse posible una acción. Somos aspecto formal y material.

En el aspecto formal construimos, o simplemente observamos, y en lo material tenemos la capacidad de darle una forma a la vida.

Después de algunos años de trabajo con mi mente he visto cómo en infinidad de ocasiones se desprende mucha energía después de las meditaciones.

Durante mucho tiempo no supe que había que mantener parte de esa energía en un nivel interno o secreto, usar y expresar la energía necesaria y guardar un poco para cuando venga el tiempo de las vacas flacas.

Es como vivir de los intereses. De un modo u otro, es una lección de cómo gestionar la economía. Esta es una manera de proteger la actividad y el poder. Supongo que a un ser completamente desarrollado no le hace falta administrarse, pues alguien desarrollado ha dado con la manera de acceder a su fuente inagotable. Yo sólo soy un aprendiz. Sin orgullo innecesario ni falsa modestia.

No hace falta siquiera que seas una chica espiritual para practicar todos los consejos que te doy. En cada momento, en cada actividad del día puedes acceder a tu fuente, solo tienes que estar atenta.

Y recuerda, la atención no necesariamente involucra el pensar, mas el pensamiento sí que necesita de la atención de la consciencia para focalizar de manera clara sus objetos. Lo demás ya se va tejiendo por sí sólo en la articulación lingüística, es decir, lo resultante del proceso estético entre lo que es capaz de suceder del contacto del observador, junto con la forma que es capaz de atribuírsele a lo material de acuerdo a sus posibilidades.

En todo caso lo observado y la cosa comparten el mismo punto de partida. El proceso de acción estética donde se conjugan lo material junto con aquel que es capaz de darle una forma para sí mismo. Siempre habrá algo así como, *la cosa en si, y la cosa para mi.*

Creo que bajo nuestra condición ordinaria de los sentidos, sólo podemos acceder a una porción de la cosa, *la cosa para mí.* Pero considero que bajo condiciones extraordinarias, podemos acceder la totalidad de la cosa, *la cosa en si.*

Siendo en esa condición extraordinaria, donde el sujeto es inseparable del objeto, pues ambos funcionan desde la no separación y donde sólo hay continuidad y comunión con aquello donde ambos ocurren, el espacio. Donde sujeto y objeto pueden reconocerse o conocerse en sus cualidades, sin interferencias.

El reconocimiento es parte de la no identidad con alguna idea de ser esto o lo otro (el yo), sino que es una comunión dada por el entendimiento de algo que comunica en lugar de separar. El espacio como vínculo comunicativo y no como forma que separa. Romper la forma y reposar en el espacio donde todo se conjuga y donde las cualidades son transferibles y no un bien personal o individual.

Es allí donde se conoce todo pues no se accede únicamente a una parte limitada de un contenido, sino que se entiende el continente y donde ya la forma del contenido es un remanente de la infinidad de lo que es posible, en lugar de entenderse como producto acabado y cerrado.

Ya en el caso de la vida práctica sí que es importante ver cómo toma forma esa multiplicidad de variantes que son posibles. La particularidad es importante a la hora de organizar la vida en la materia, pero no tiene por qué ser la finalidad de la vida misma.

Y aunque la particularidad no sea la finalidad de la vida, sirve para orientar la vida hasta comprender su sentido. Porque si no sería un agnosticismo nihilista donde podría darse el caso que nada tuviera sentido o valor.

SEGUNDA PARTE

ALGUNAS RAÍCES

Hija, recordando mi pasado en la isla de Mallorca y todas las experiencias y deseos que allí tuve, puedo ver que en todo ese camino la resolución o cúspide eres tú.

Formas parte de un camino que empezó hace mucho tiempo. La resolución parcial o un momento importante de ese camino reside en tu llegada a mi vida.

Desde hace mucho empecé a buscarte y al final te conseguí. Supongo que el poder de los buenos deseos tiene sus resultados. Desde que deseo tener hijos sabía que deseaba una niña y cuando tu madre tenía dos o tres semanas de gestación, puse mi cabeza en la vientre de tu madre y pude saber que venía esa energía femenina. De hecho la imagen que vino a mi mente fue la de la Tara protectora.

Representas para mí un punto de inflexión de suma importancia, el más importante que he tenido. Tu alegría me cautiva y encamina día a día. Espero poder enseñarte parte del lugar de donde venimos. Porque alguna parte de tu energía vital, y tal vez incluso espiritual, tiene una conexión con nuestra querida Venezuela.

Quizá tenga la fortuna de mostrarte el poder de Los Andes, de donde viene parte de nuestro legado materno, o sea, de mi madre, tu abuela Xiomara. Mostrarte también lo fascinante de los llanos de Guárico, Calabozo en particular, la planicie donde nací, y donde tuve la oportunidad de vivir grandes momentos con nuestra familia materna.

Después podría mostrarte nuestra querida Maracay, que con su generosidad nos supo acoger a los Quintero, El Estado Aragua con sus playas, Ocumare en la costa y Cata.

Somos parte de todo eso pero, no sólo somos eso, hija. Me siento agradecido por todos esos lugares, pero quiero que sepas que ningún lugar, creencia o idea, definen nuestra esencia, pues somos un amasijo de cualidades que toma expresión sobre cualquier lugar o país. Nuestro hogar es donde podamos encontrar la paz interior y a eso puedes acceder en cualquier momento y lugar.

Mi hogar eres tú, y eso ha sido una gran lección de vida. Y espero no atarte jamás y hacer que seas una persona independiente.

Mientras escribo esto me ha venido a la mente la Gran Sabana, así como el Amazonas, también me acuerdo de mi primo Gerardo alias Tom, o de tíos fuertes, valientes y nobles.

Podría hablar en detalle de cada miembro de mi familia materna. De la familia del abuelo Rafael no los conocí mucho, lo que sí tengo claro es que son una gente con gran corazón y una alegría ilimitada.

Me gustaría acabar esta carta diciéndote que conmigo se muere esa desconexión a lo paterno.

En mi se trasmuta, se purifica, y se acaba esa descompensación. Tú vas a tomar de manera íntegra la energía y el potencial de tu parte paterna. Y a partir de nosotros empieza otra historia, tú y yo tenemos el poder de hacerlo. Y aunque yo falte tendrás estas cartas para seguir juntos el camino.

AÑOS DE EVOLUCIÓN

Desde hace tiempo me había sorprendido el hecho que muchos mamíferos pudieran ponerse de pie casi al nacer, y los humanos no. De hecho me parecía una desventaja con relación a otras especies. Hasta que naciste tú, Bruna, al ver tus grandes cambios entendí muchas cosas, y es un gran regalo ser parte de tu evolución y crecimiento.

Entendí que aunque un ser humano sea completamente dependiente de sus padres, y no pueda ponerse en pie al nacer, tenemos algo que se diferencia substancialmente de las otras especies. Primero, ver que aunque tardemos más o menos un año en ponernos de pie, la propia capacidad de estar completamente erguido es un trabajo magnífico que ha logrado la naturaleza humana y biológica.

Ese momento de ver ponerse en pie un ser tan frágil es como presenciar el mismísimo big bang donde se genera un mundo maravilloso. Como ver cruzar la meta a a un velocista de cien metros lisos. Es algo realmente maravilloso, hay magia en aquello.

Ciento de miles de años de evolución contenidos en un solo momento a modo de realización humana es algo realmente inspirador. La fuerza de toda una especie reflejada en la armonía de movimientos, que se conjugan desde el deseo interno de ese bebé, junto con la posibilidad físico-mecánica del desarrollo humano.

Por otro lado y no menos importante es todo lo que viene cuando te veo interactuar con las personas y con las cosas que te rodean. Ver cómo te sorprendes con cada cosa que ves. Una cosa que realmente me cautiva es observar la manera en que mueves las cejas. Ese otro logro de la especie lo puedo ver en tu rápido desarrollo, tus sonrisas cada vez más elaboradas, tus miradas cada vez más fijas y profundas, esa pequeña identidad que se empieza a manifestar dentro de tu mundo interior.

Es verdad que un humano no puede comer por sí mismo al nacer, al menos que le den el pecho, pero es increíble la velocidad con que aprendes, Bruna. Ya con unos cuantos meses aprendes a coger el biberón, ya expresas amor y deseo, cosas que son maravillosas de ver.

Es muy inspirador ver cómo un ser tan pequeño ya muestra señales de humanidad, miles de años de historia de desarrollo humano, compasión, deseos, anhelos, búsqueda...

Presenciamos un desarrollo en tiempo cuántico. Lo que a la especie le ha costado miles de años en desarrollar, una pequeña niña de 4 meses lo expresa en unas milésimas de segundo. Es un regalo poder presenciar esa muestra de magnificencia en tu cara, en tus gestos..., es la poesía armoniosa de la vida.

CONDUCIR EN LA NOCHE

¨Conducir en la noche¨ es el título de una de mis canciones favoritas de Bruce Springsteen, puede que mi personaje público más admirado. Una vez que lees su historia te das cuenta que es un verdadero héroe, y en mi caso, alguien a quien admirar. Esta canción de mi querido héroe empieza diciendo algo así como ¨cuando te perdí, a veces creo que perdí el coraje también¨.

El inicio de la canción no parece nada esperanzador ni valiente, pero una vez que escuchas la letra en su conjunto, te das cuenta que se trata más bien de la valentía y la lucha por un amor. Precisamente ese inicio de la canción refleja cómo se siente uno cuando piensa que podría perder un gran amor, lo cual te hace saltar todas las alarmas.

Los valientes no dejamos de pelear las batallas, las peleamos hasta el final. El quererte no es una batalla, es un regalo, sólo uso el ejemplo para hacerte saber lo aguerrido que se puede llegar a ser para defender un gran amor. Y no necesariamente defenderlo de cosas externas sino de uno mismo.

Mi querido Bruce sí que sabe librar las batallas, es amante de sus seres queridos y de su música. Esta canción une dos cosas de las que más me gustan, luchar por un amor, y conducir de noche.

En este caso es el amor hacia ti. Proteger algo no de lo externo sino de uno mismo significa atreverse a cruzar las propias barreras, superar al ego para darle espacio a los demás seres, o incluso a una pasión por algo que te ate con locura a este mundo a veces tan hostil pero que también te lo da todo.

¨Conduciría toda la noche para comprarte zapatos ¨ Una estrofa de la canción que me parece de lo más hermoso, tal vez porque siempre tuve un tema con los zapatos. De pequeño y adolescente tuve alguna carencia de ellos, solía tener los zapatos de segunda mano de alguien lo cual por su puesto era una gran alegría.

El hecho es que la canción habla de todo lo que uno es capaz de hacer por un amor, y más cuando ese amor se ve amenazado por perderlo. También habla de ángeles caídos, de seres derrotados que vagan por la calle ¨déjales que se vayan, déjales marchar, que bailen sus danzas de los muertos, déjales que sigan adelante¨. Creo que esta es una expresión de amor protector, que te dice que sigas adelante y abandones tus fantasmas en esa oscuridad solitaria de donde salieron.

Te habla de la esperanza, del valor de seguir adelante, ¨Ya no nos pueden hacer daño...porque tú tienes, tu tienes, tú tienes mi amor... con el viento, la lluvia, la nieve... Tú tienes mi amor¨.

DE PIEL OSCURA

Desde hace tiempo sabía que si algún día me volvieran las ganas de escribir sería por una razón que valiera la pena. Ese algo ya llegó. Bruna de piel oscura nació en luna nueva, luna de nacimiento, de nuevo comienzo. Es realmente inspirador cada nueva vida porque nos ayuda a recordar las cosas elementales, y también nos recuerdan el valor de aquellas más elaboradas intelectual y espiritualmente.

No soy un padre especialmente entusiasta exteriomente hablando, me gusta vivir las cosas de manera íntima, aunque algunas veces sí que me gusta hacer del amor una forma de expresión. Tengo la inclinación de vivir en el pasado o en el futuro, por ello una de las cosas que me sorprende de tener una hija, es que las necesidades más esenciales de la vida se convierten en presente puro.

Y hablo de necesidades esenciales diferenciándolas de las necesidades básicas. Las propias necesidades básicas que puedo ver en ti son la expresión más realizada del amor esencial. Todo tu cuerpo está dispuesto de una manera en que puede funcionar perfectamente, pero hace falta lo esencial del amor para poner en marcha tu sistema de funcionamiento básico.

Es cierto que hay una parte que es instintiva. Esa motivación del mamar parece que viene dada de la nada, pero viene del vientre materno donde se conjuga el aprendizaje de las cosas básicas y esenciales.

La capacidad de absorción y de excreción están allí para ejercer su función pero en ocasiones hace falta la estimulación del propio organismo, para poner a andar todo de manera correcta. La relación que se establece al juntar tu pecho y el de tus padres, es sin duda una fuente de estimulación para muchos de sus gestos, el mismo ritmo cardíaco tuyo y nuestro en ocasiones funciona como una sintonía.

Me he dado cuenta que el gesto del estar presente, es algo más que cercanía y contacto físico. Si te tengo sobre mis brazos e intento dormirte, es más fácil hacerlo si tengo toda mi atención en ti, de hecho, si intento dormirme con contigo, la tarea se vuelve más sencilla aún.

El movimiento de mi respiración causa algún efecto sobre ti, hay una interacción en el grado de calor y la corriente de aire que exhalo sobre ti.

Cada gesto tuyo es interpretado por mi como un gesto de vida, de ganas de vivir. Esa inversión de fuerza por mamar es realmente increíble. No sé lo que puedes experimentar cuando tu estómago necesita absorber nutrientes pero si sé lo que significa la palabra hambre.

Cuando no se tiene nada en la despensa, y ya has pasado cuarenta y ocho horas sin comer eso es hambre. El reclamo del hambre para una persona adulta es motivo de alarma, de búsqueda. Eso mismo me impresiona de los niños y niñas recién nacidos, un estado que naturalmente tienen una inclinación por el vivir.

Una persona adulta también puede sentir un hambre terrible, y sin embargo echarse a morir, no sé si un niño de apenas semanas sea capaz de dejarse morir de esta manera, supongo que habría que preguntarle a quien sabe del tema. De lo que sí sé es de los que lloran por comer, esta es expresión de la lucha por vivir, no dejarse perder.

Esa vitalidad de la nueva vida, me intriga, me emociona. Porque es emocionante ver cómo se va haciendo una nueva vida, y cómo ese nuevo ser va construyendo y deconstruyendo todo a su alrededor. Un hija o hijo te saca de tus casillas cuando tus hábitos y rutinas empiezan a desquebrajarse.

Ya te vas dando cuenta que no serás el mismo. El nuevo visitante de este mundo cambia los horarios establecidos, empieza a cambiar hasta tu metabolismo, tu manera de ver el mundo. Mis horarios y mi puntualidad no dependen únicamente de mí, pues hay otros elementos que reta a tus viejos paradigmas estructurales.

Es una gran oportunidad para echarle un pulso a tu ego, pues lo que puedas rescatar de ti mismo es un producto con variaciones. El que dicho producto sea más o menos pulcro, depende de la manera en que empieces a procesar la nueva realidad que te exige cada día un poco más de un nuevo yo.

EMPEZAR DE NUEVO

Tener un bebé es muy divertido, Bruna, es cierto que los primeros meses son un poco difíciles, pero al fin y al cabo es parte de la implosión del universo al traer un nuevo comienzo. Para nosotros, madres y padres, representa un nuevo comienzo, es aprender de nuevo todo lo que sabías.

Cuestionas lo que ya crees que sabes y te abres a ese nuevo mundo que significa la paternidad. Es divertido porque todo empieza a ser fresco una vez más. Tu, Bruna, devuelves la frescura de todo lo que tocas. Lo que antes ya era una trivialidad para nuestras vidas ahora empieza a brillar con la intensidad de algo recién aprendido.

Te das cuenta que todo puede ser nuevo cada día, que todo puede tener otra vez ese color con el que vivimos las cosas de este mundo. Hubo una etapa en que los antiguos griegos sentían un rechazo natural hacia la historia escrita, tal vez porque sabían que la historia hechá tiene el peligro de volverse algo inerte y de perder la frescura.

Por su puesto que alabo la escritura y la historia como logro de la humanidad, era solo por dar un ejemplo de algo. Esa sorpresa que expresas con cada cosa que ves, Bruna, es una constante sorpresa, alegría con cada cosa que ves de este nuevo mundo que se te presenta cada minuto.

Tus ciclos son muy cortos, cada cinco o diez minutos hay que darte una nueva experiencia. No niego que a veces es agotador. Pero también es maravilloso ver tu cara de sorpresa con cada cosa. Es fácil amarte y al ver tus ojos de sorpresa con cada situación, es aún más fácil hacerlo.

ENTENDIMIENTO PATERNO

Bruna, es verdad que desde que sigo los consejos del Buda he aprendido a ver con mejores ojos a todos los seres, incluso a los que hacen cosas que para mí son desagradables. El amor hacia ti me ha hecho despertar un entendimiento del que ahora no era consciente. Ante tu presencia indefensa me percato que todos los seres pasamos por ese estadio en el que dependemos del amor de alguien.

Es ese amor el que nos mantiene vivos, el que nos mantiene aseados, alimentados… Por supuesto que hay un sentimiento detrás de esto, pero yo también agrego el elemento del entendimiento. Entender que todos nacemos indefensos, a merced del amor, o bien del abandono.

Al ver todo el amor que te rodea, deseo que todo ese amor, cuidado, bienestar y buena fortuna, se despliegue a todos los niños y niñas en todas partes y direcciones. Ese entendimiento de que todos necesitamos amor y cuidado, ese es el entendimiento que me inspiras al ser tu padre.

También es una experiencia que recorre mi cuerpo y que me hace actuar de una manera diferente a antaño, pues poco a poco voy mostrando cada vez más ese amor paternal que hace querer proteger y dar amor a mi entorno.

También es cierto que ese entendimiento y sentimiento paternal me puede hacer más calculador, pero en todo caso es parte del amor, pues hay que ser inteligente para cuidar de los seres. Es parte de esa expresión de seguridad que te hace ser protector.

Ya no te puedes ir por las ramas, tienes un ser a quien cuidar, ya no te cuidas únicamente a ti mismo. Al cuidar a otros te vuelves aún más poderoso, más audaz, con más recursos. Ya no hay miedo a obtener eso que quieres, ahora tienes que obtener eso que es necesario. Hay menos dudas, haces lo que tienes que hacer. Te vuelves más atrevido y más cauteloso.

Es una dimensión realmente excitante el ser padre, si alguna vez temí perder libertad al serlo, hoy disfruto del excedente que me proporciona esta nueva manera de conquistar el mundo. Ya la conquista de las cosas adquiere un significado mayor.

El ser padre también te puede volver más ambicioso, espero aprender a disfrutar de esa ambición con la sabiduría suficiente como para no volverme un pedante pretencioso, sino que esa ambición sea la base de sustento material y espiritual que nutra a mis seres queridos y en especial a ti.

ENTERRAR EL HACHA DE GUERRA

Bruna, tú me has ayudado a enterrar mi hacha de guerra. Siempre he sido un temible guerrero para mí mismo. Esa fiereza me viene de mi tierra pero también de mi pasado vital. En todo caso para mí ha sido un gran alivio poder enterrar el hacha de guerra.

En la vida puedes librar muchas guerras, y está bien aprender a ser un guerrero, pero es bueno saber qué guerras pelear, hay guerras internas y guerras externas. Lo más importante es mantener tu corazón sereno y elegir con claridad qué batallas emprender.

A veces tu peor enemigo puedes ser tu misma. Por eso tan importante la claridad en tu elección. Elije con amor en tu corazón, que tu bravura esté mediada por el amor. Es mejor que las razones de las luchas estén impregnadas de sentido altruista. Lucha por ti misma, pero al final te darás cuenta que tiene mucho sentido, que lo que hagamos tenga un sentido bueno para los demás.

Estoy seguro que tienes una gran fuerza, por eso sé lo importante de lo que te digo. A mí me costó controlar mi furia de guerrero, y fue posible gracias al amor, el amor por ti. Me lograste suavizar, por ello estaré eternamente agradecido contigo.

El amor es la mejor lucha, y si todos lo haces por amor, todas tus luchas estarán bien fundamentadas. El amor y la compasión te ayudarán a mantener tu corazón en paz y tu mente serena. Es la inteligencia y la nobleza de ser una guerrera.

Enterré mi hacha de guerra gracias a ti, porque antes la estaba usando sin entender del todo el sentido de mis guerras. Pero cuando tu llegaste, poco a poco mi corazón fue tomando conciencia de sí mismo, y aprendí a reconocer que las mejores batallas son las que se hacen por otros, porque cuando luchas por otros hay amor.

Sigo siendo un guerrero protector, pero es cierto que tú me has ayudado a transformarme en algo más útil, antes solo era un errante vagabundo con mucha fuerza.

LA EDAD DE LOS POMOS

Llega la edad de los pomos, antes era la de los bordes de la mesa. Siempre habrá algo de este mundo en lo que tendremos que tener especial atención y cuidado.

Siempre intento advertirte de aquello que puede hacerte daño, ese gesto educativo es un gesto de amor pleno. Mi deseo es que cada vez vayas teniendo algo más de autoconsciencia, en aquello que te puede hacer bien o mal.

Pueden ser muy variadas las situaciones de la vida, pero si intentamos mantener nuestra mirada tranquila y serena, la confianza vendrá por sí misma y podremos caminar con seguridad.

Si a esa seguridad le añadimos alguna melodía en nuestro día a día, entonces iremos con los pies y la cabeza más ligeros, y con una cierta sensación de calidez y concordia en el corazón.

Sólo hay una manera en que creo que esto se puede ir alcanzando, y es practicándolo.

LO QUE LLEGA A MOVER UNA NUEVA INVITADA

Cuando estamos en un lugar, entra y sale gente, algunas personas son más cercanas que otras, pero hay unas que simplemente no pueden pasar desapercibidas. Así es la llegada de un bebé a una casa, muchas cosas se mueven, y es un evento que no pasa desapercibido para nadie, hasta el gato tiene algo que decir al respecto.

Suenan llantos y ruidos de artefactos infantiles, es el sonido mismo de la nueva vida, el renacer de una casa, una nueva esperanza, un nuevo aliento que respira bajo un techo que da cobijo y resguardo porque es una experiencia muy espiritual ver cómo nace un bebé del vientre de su madre.

Un bebé es algo novedoso, es la muestra palpable de la transformación y el renacer. Tu naces pero las personas a tu alrededor renacen en lo más profundo de su ser. Naciste con ese manto que cubría tu piel, nunca había visto nada parecido. Una suave capa de algo, ni siquiera existe una palabra adecuada para hablar de ello, seguro que su nombre científico ni siquiera se acerca a lo que realmente significa aquello.

Aquel renacer del que te hablo, le da a un padre y a una madre una nueva visión de la vida, nos da la experiencia de participar en el milagro de la vida. Es una oportunidad para dejar una huella en un ser que necesita y exige de ti.

Trabajo constantemente para no convertirme en un charlatán, y poder hablar con responsabilidad con relación a lo que significa ser padre. Me gustaría llegar a mayor, y poder decir que he pasado más tiempo siendo padre que escribiendo lo que significa serlo.

Para mí la vida se entiende desde la experiencia, y nada mejor que actualizar el discurso en la vida misma para no convertirme en un tirano ni tampoco en un sumiso de mis propias palabras. Saber revelarme ante mis propias ideas para renacer una y otra vez.

Precisamente esa es la enseñanza que tu das, esa frescura de volver hacer las cosas desde el principio, la vida nueva que se descubre. Esa excitación que despliegas con cada descubrimiento que haces ante una nueva perspectiva de la luz, de las formas que buscas para descubrir y revelar tu curiosidad.

Esa perspectiva fresca y nueva es lo que mantiene vigente el ritmo de la vida. Lo que nos dice que la vida se está haciendo a cada momento, que es un constante en movimiento, cambio, evolución y transformación. Es una escena apoteósica de encuentro entre el nuevo ser, y del mundo que está allí para ser moldeado por la nueva esperanza que da luz a los viejos habitantes de este mundo.

MI MEJOR PROYECTO EDUCATIVO

Hija, estudié tanto en mi vida e hice tantos trabajos de cosas no relacionadas con mi profesión que pensé que nunca tendría la posibilidad de enseñar.

Muchas veces se tiene la tendencia a pensar en grande, y de hecho está bien pensar en involucrar a muchas personas en lo que haces.

Pero es igualmente válido pensar en la calidad o en la cantidad. Por tanto, hoy día puedo decir que eres mi mejor proyecto educativo.

Tan solo con tener la posibilidad de ofrecerte todo lo que he podido estudiar y aprender, ya ha valido el esfuerzo de tantos años de levantarme a las cuatro de la mañana para ir al colegio y luego a la universidad.

Ya con darte todo lo que soy, siento que le estoy pagando todo tipo de esfuerzo a mi madre. Tal vez por eso, lo que podamos hacer con nuestras vidas, en alguna medida pertenece también a las demás personas.

Eres mi mejor proyecto educativo, lo cual me hace pensar, que para ser un pedagogo hay que ser uno con el amor. Tenía razón Don Bosco cuando decía que «Educar es cosa del corazón».

Pero cómo saber que se está enseñando con el amor, y que no estamos siendo guiados con la tiranía. Esto es fácil de responder, puesto que el amor da libertad a la expresión, a la vez que armoniza el mundo de la experiencia.

El baremo para saber que lo estamos haciendo bien es observar que mediante la enseñanza, estamos mostrando los caminos, pero la decisión de qué camino tomar, la dejamos para el corazón de la persona aprendiz.

Nuestra labor sería la de mostrar y armonizar, y para ello hace falta experiencia de vida, de lo contrario seríamos únicamente unos teóricos.

Hay que propiciar la libertad de expresión de la consciencia, a la vez que vamos enseñando a la aprendiz a que armonice su mundo, y los caminos que ha decidido vivir.

Acompañar con la lámpara tus pasos, hasta que te encuentres con la fuerza interior que te llevará a coger por ti misma la luz que te ayudará a seguir. Y seguro que llegará el punto en que no haga falta sostener una lámpara que te ayude a ver, pues tus ojos estarán tan abiertos y despiertos que te darás cuenta que siempre fue de día.

MI MEJOR PÚBLICO

He pasado algunas horas escribiendo pequeños o medianos escritos, hija, a veces no se tiene claro el por qué una persona decide dejar alguna huella. Quizá para no ser borrado por el paso del tiempo, y quede una prueba de su paso por el mundo.

Así como con todo lo que hacemos, a veces pareciera que necesitamos dejar una herencia, ser escuchadas. Supongo que algo de ego habrá, algo de búsqueda de reconocimiento.

He de decir, Bruna, que eres mi mejor público. Aun no puedes leer las palabras que escribo para ti, pero sí que puedes leer mis miradas, mi entrega hacia ti. Eres mi mayor fuente de inspiración. La inocencia, tu candidez, tus juguetonas manipulaciones, esa carcajada que obtiene de mi, casi lo que quiera.

Casi lo que quiera porque desde el amor tiene que haber responsabilidad, y así como yo te enseño a ponerme límites, tú también me enseñas a ponerte los tuyos.

Si todo lo que escribo únicamente fuera leído por ti, ya para mí el trabajo está hecho. Una persona es un público hermoso, y si esa persona eres tú, ya no hay nada más que agregar.

PERMANECER EN LA VIDA

Mamá y papa es un lugar epistemológico de seguridad material y emocional, no son sólo una persona, aunque es en la persona donde se materializa. Cuando empezaste a decir mamá, me di cuenta que usabas esa palabra para manifestar algo importante. El alimento, el bienestar, y a mamá claro.

Creo que el ¨mamá¨ es en sí una manifestación de ser consciente de la vida, con esa palabra evocas el tiempo y un deseo dentro de éste. Considero que ya esa expresión pone de manifiesto la presencia de la persona, de tu persona, porque dices: ¨estoy aquí, necesito eso, quiero ser feliz, la sensación de hambre no es buena¨.

Esa expresión que denota un deseo, es la prueba fehaciente de que todos queremos ser felices, y que, desde muy temprana edad, empezamos a luchar por la vida de manera consciente.

Permanecer en la vida es un ejercicio de presencia, y mediante el lenguaje ponemos de manifiesto nuestra voluntad. Papá y mamá se convierten en una referencia palpable de la vida, es el medio de encuentro entre el mundo y ese pequeño ser que crecer.

Papá y mamá son la primera referencia, por ser la seguridad en este mundo que es todo novedad y desconocido, y a veces desconcierto. No importa que sea una situación nueva, si la referencia de mamá y papá están presente, entonces hay seguridad.

Bruna, puedo ver cómo vas configurando tu mundo, de acuerdo a tu consciencia, y junto con el sentido que empieza a tener todo este mundo nuevo con relación a tu lugar de seguridad. Eso me hace pensar que el amor debería ser la base con la que debería funcionar este mundo.

Creo que la permanencia en el mundo es un acto de voluntad, pues somos puestos aquí y depende de nuestra voluntad, el qué hacer con la vida, y pareciera que hay una inclinación natural a querer vivir y conservar la vida. Supongo que solo así hemos podido llegar a evolucionar como especie, como mundo, y como cosmos.

Mamá y papá son y deben ser la referencia en este mundo, junto con los otros, pero sobre todos estos dos. Igualmente es cierto que también son nuestra guía aquellos que nos ayudan al segundo nacimiento, aquel nacimiento donde encontramos una cierta identidad de lo que queremos ser, después de haber pasado por ciertas etapas de la vida.

PODER FORMAR PARTE

Poder formar parte de una vida que se construye, es la experiencia más poderosa e intensa que he vivido. Más allá del cansancio y la responsabilidad que conlleva ser padres, hay un valor agregado, formar parte de algo que se construye.

A lo largo de mi vida he hecho mucho tipos de cosas, deportes, carreras universitarias, cursos de meditación, etc, pero nada de esto se puede comparar con esa sensación de formar parte de un proyecto vital de ver crecer a un ser humano. Ver cómo se desenvuelve con el mundo, cómo aprende a gestionar sus emociones...

Esa es la experiencia que me estás dando, hija, ver el crecimiento físico y biológico, cómo se conjugan todos esos elementos y forman una organicidad, un algo que tiene un sentido, casi como una finalidad, la de continuar con la línea vital de la humanidad.

Ser padres es formar parte de ese proceso vital que viene dado desde millones de años, desde que las células empezaron a especializarse. Es algo muy grande formar parte de ese proceso, en parte porque es un proceso que traspasa los límites del egocentrismo, no depende tanto de ti, de lo que pretendas o anheles, claro que quieres lo mejor para un hijo o hija, pero la vida que se está formando tiene su propio plan.

Estamos detrás para sostener esa vida, pero ella ya es en sí misma, supongo que es como ser un guardián para que eso que se está construyendo tome su forma, y claro, mucho tenemos que ver con los matices que toma ese proyecto que se construye.

Formar parte de una vida que toma un sentido, te hace pensar, qué puede ser más importante en este preciso momento, que el estar allí presente para tomar partido de esa vida que se abre paso en la línea vital de ser persona. Te inspira respeto por ese ser que empieza su camino, pues todo esto es un verdadero reto para ella o él.

Cuando empiezan sus rabietas, y te das cuenta que realmente llega un punto que no saben cómo gestionar todo ese arrebato vital de un momento de rabia, enfado, energía, o lo que sea que surge en aquellos momentos de pataletas. Ver cómo un ser empieza a lidiar con sus propios recursos, te da un aire de respeto por ese proyecto llamado persona, qué cantidad de retos, hazañas, aprendizajes…

SÁCALE EL JUGO A TU PADRE

Bruna, tienes un padre y debes exigirle. De los escasos momentos que viví con mi padre, recuerdo solo dos o tres pero que fueron cruciales. Recuerdo hacer la siesta una vez en la misma habitación con él y ni siquiera hubo contacto físico.

Pero el hecho es que podría vivir solo con esa experiencia el resto de mi vida. Tienes la suerte de tener un padre , y además uno presente, así que exígele hasta mas no poder, rétale, ayúdale a superarse. Transciende junto a él, atrévete a descubrirle, perdónale, aprende de él.

El padre constituye una unidad epistemológica de seguridad motriz, psicológica y emocional. Es difícil criarse haciendo de esta experiencia un algo abstracto. Pues el amor debe ser encarnado en las acciones.

Los que hemos sido criados sin padre, nos hemos tenido que inventar esta experiencia de amor, quizá a veces cayendo en fórmulasególatras.

No es un camino fácil, no es lo natural o lo más adecuado para la supervivencia, pero se puede sobrevivir a ello, ahora bien, tienes que superarlo y después de sobrevivir, aprender a vivir.

Tienes que superar ese vacío, y pasar del estado de sobrevivencia al estado del vivir. Dejar de luchar para construirte en una experiencia de amor ideal, y tocar, aprender a tocar y ser tocado.

Quizá una de las cosas que más me costó fue aprender a tocar y dejarme tocar. Quizá todo esto fue una película emocional que me he montado durante mi vida para justificar la falta de contacto conmigo mismo.

Pero la verdad, hija, que nada puede justificar que no estés en consonancia contigo. Nada justifica que dejes de ser presencia.

Por eso no puedo reclamar nada a nadie, porque lo que en mi fue la excusa de una falta de padre, en otra persona pudiera ser cualquier otra cosa. El problema no está en los demás, la solución siempre está en nosotros mismos.

SALIR Y ENTRAR DE TU CENTRO, COMPONER UN CORAZÓN ROTO

Hija, eres la criatura que más me logra enternecer, has generado en mi un verdadero cambio, cosas que ninguna otra persona ha podido hacer conmigo, tú lo logras con cada una de tus sonrisas. Es verdad que a veces soy un romántico, pero más allá de las emociones, hay un lugar en el que me haces entrar, un lugar lleno de amor incondicional, que no he sabido ver en otras personas cuando me lo han querido ofrecer.

He sido tan estúpido que no he podido reconocer el amor que el exterior me ha querido mostrar. Siempre me he escapado a las expresiones de amor, no sé en qué punto me convertí en un cobarde sentimental, pero de ti no puedo escapar, no me lo perdonaría, no puedo ni quiero, tú me has mostrado el camino de vuelta a casa.

Me has mostrado otra posibilidad. Siempre he salido de mi centro de comodidad, me parecía muy valiente hacerlo, siempre en búsqueda de un sueño o un nuevo reto. No puedo decir que he sido un cobarde del todo, pues siempre me he enfrentado a mis temores y a las situaciones, pero es verdad que permanecí un tiempo tentando a la soledad.

He descubierto la soledad y la verdad no está del todo mal, pero el mundo es tan interesante que a veces provoca volver a él, sobre todo si tienes una pequeña gran inspiración de ocho meses llamada Bruna.

A veces me gusta volver a ese espacio de soledad reflexiva, donde el ruido de tu entorno y de tu mente consiguen calmarse, y donde creas una base y recobras fuerzas para seguir trabajando. Siempre he vivido fuera del centro de comodidad, nunca me gustó acomodarme a algo que pudiera desaparecer, siempre he buscado mis retos interiores, quedarme desnudo ante la vida.

A veces está bien experimentar a qué sabe la soledad, pero también es bueno reconocer cuando el amor ha tocado tu puerta, no hacerlo sería una irresponsabilidad, y a veces he sido irresponsable. Aun así, no me castigaré, pues siempre he estado en la búsqueda de una identidad propia, y en ese camino, es cierto que he hecho daño a algunas personas.

Mi manera de ser no siempre es fácil ni para mí mismo, pero en lo profundo sé que tengo buenas motivaciones. Desde los dieciocho años empecé un camino que debía de recorrer, y he de reconocer que hay que ser valiente para emprender un camino que tiene muchas vicisitudes y retos.

Pude haberlo hecho mejor, pero no lo he hecho del todo mal. Sólo que en mi búsqueda necesitaba momentos de soledad para descubrirme a mí mismo, mirar hacia dentro. Ya he mirado hacia dentro y he visto cosas desagradables y hermosas dentro de mí, pero todas son responsabilidad mía, no puedo culpar a nadie de ellas, esa es la riqueza que he estado buscando por mucho tiempo.

Yo encontré un camino que me abrió las puertas, mi maestro, gracias a él puedo ver cosas de las que antes permanecía completamente ciego, y esto comenza ahora, aún falta mucho por recorrer. No importa qué tan largo sea el camino, pero si tienes un buen mapa y tienes unas buenas botas para caminar tienes lo que necesitas.

Nunca me ha interesado especialmente lo material, pero desde que estás tú, siento la apremiante necesidad de conquistar lo material. Estoy haciendo todo lo posible para poder ofrecerte lo mejor, porque quiero ser el que te de unas buenas botas para tu camino, luego tu elegirás los senderos por dónde ir.

En mi caso mi madre lo hizo todo por proveerme de lo necesario, pero es cierto que hubiera sido mejor contar también con un padre protector que diera la cara por mí, muchas cosas me hubiera ahorrado si hubiera tenido ese referente y apoyo paterno. Mi padre es un buen hombre y no tengo nada que decir de él, solo hablo de mi vivencia.

En tu caso tienes unos padres presentes, no quiero que nada te falte, quiero que hagas tu camino y encuentres tu centro, pero tienes que saber que estaré a tu lado para protegerte.

Eres tan carismática y tan gentil, no dejo de sorprenderme de tu habilidad para ser feliz, y de siempre dar una sonrisa a las personas. Eres un regalo para este mundo.

Siempre he salido y entrado en mi centro, dejándome el corazón roto muchas veces, recomponiéndolo y siguiendo el camino. Pero esta vez es diferente, esta vez estás tú, por eso una parte de mi corazón siempre seguirá intacto, pues eres la referencia de mi amor.

En realidad, nunca salí de mi centro, porque todo lo que ocurría, tanto dentro como fuera, siempre ocurría en el corazón de la experiencia, ese lugar donde siempre estás contigo mismo, donde realmente reside tu identidad, una identidad que guarda parte de su esencia, pese a la transformación.

Cuando sales del mundo y te adentras en ti misma, descubres cosas realmente interesantes, a veces te encuentras desnuda, solo tú y el entorno, no hay nada más que permanezca. Pero no hay por qué sentir miedo, porque el mundo sigue estando allí para cuando estés lista.

Eso sí, las cosas cambian y puede que para cuando decidas salir al mundo, ya algunos seres queridos no estén, o ya no haya mucho tiempo para recuperar el tiempo que ha pasado. Por eso no importa que estés muy cerca del mundo, o lejos en tu intimidad, siempre intenta estar en paz con todo y todos en la medida de lo posible.

No vale la pena guardar rencor en el corazón, hay que aprender a soltar aquello que no nos hace bien a nosotros ni a otros. Para discutir o pelear hacen falta dos personas. Como dice mi maestro, ¨una persona sabia puede evitar la sangre, pero no el sudor¨, hay que trabajar con diligencia con la mente, para que del espacio de ésta surjan las cosas más maravillosas.

Siempre he salido y entrado del centro de comodidad, he roto mi corazón muchas veces, y al hacerlo también he roto el de otras personas. He salido en búsqueda de la libertad, he conseguido cosas en mi viaje, y ahora me siento de vuelta en el mundo, has llegado a mi vida como un relámpago que te deja atónito, has incendiado mi seco jardín y ahora en el verdor crecen los más bellos y exquisitos frutos.

Si logras estar en el mundo sin salir de tu centro es porque antes has logrado percibir al mundo y disfrutarlo sin dejarte atrapar del todo por su ruido. Te quiero, hija, espero que estas reflexiones puedan serte de alguna utilidad en tu vida.

SIGUES CRECIENDO

Hija, faltan dos días para tu segundo cumpleaños. Son fascinantes los cambios y avances que haces cada día de tu desarrollo. Las diversas formas afectivas y motrices que desarrollas me hacen quedar enamorado de ti, y perplejo ante las maravillas del ser humano.

Estoy tranquilo y contento que puedas crecer rodeada de tanto amor, y de muchos buenos y adecuados recursos materiales.

Al verte crecer observo en la misma medida, cómo madura una semilla que has puesto en mi corazón, o en mi mente. Es indiferente dónde esté tal semilla, lo importante es que eres una inspiración para mí, protectora de sabiduría.

Siempre sabes lo que ocurre, y tengo la sensación de estar ante una gran maestra y un ser desarrollado. Aparte de amarte como hija, me inspiras un respeto que es indistinto y libre de cualquier parentesco sanguíneo, y de cualquier convencionalismo humano.

La motivación para escribir esta carta, es porque me hago consciente de la humildad que desarrollo en este proceso de compartir la vida contigo. Supongo que tiene que ver con el aprender a aceptar.

Tener una hija o un hijo te ofrece la oportunidad de aprender aceptar, aceptar lo que ocurre, aceptar la libertad de consciencia de esa pequeña o pequeño. Todo esto lo digo porque me gusta estar atento a mi comportamiento, para no ser egoísta en tu crianza.

Pero para ser libre y respetar la libertad de los otros, hay que ver dentro, hay que ver lo que somos, cómo nos comportamos, y distinguiendo la diferencia entre ambas cosas.

Me cuido de arrastrarte a aquellas inercias que yo mismo he vivido, y de las que no tienen ningún sentido seguir repitiendo. Al final, todo lo que hacemos puede ser cambiado, pero lo que somos es esa consciencia, eso que prevalece por sobre lo que hacemos, y que a la vez condiciona el cómo nos comportamos.

Tu presencia y amor ayuda a que mi corazón se abra, y pueda ver aquello que antes no era capaz. Todo esto es parte de la necesidad de renunciar, a aquellas cosas que ya no traen beneficio.

En la vida he hecho diferentes cosas, he conocido cientos de personas, he ido a docenas de lugares y algunos cuantos países. Pero sabes, hija, siempre hay que estar atentos para chequear la motivación por lo que hacemos, pensamos o decimos todo cuanto ocurre.

Hoy día a mis treinta y cuatro años ya he tenido la oportunidad de aprender de unas cuantas cosas de la vida, tal vez no demasiadas, pero sí que sigo con muchas ganas y voluntad de aprender de todo lo que ha ocurrido.

Siempre intento sacar el máximo de provecho de las experiencias, y la mejor forma que he encontrado ha sido mediante el ser consciente. Y hoy soy consciente de que en mi vida desde pequeño he buscado en diversas cosas, esa necesidad de afecto y reconocimiento en aquellas actividades que tomaba como un escape.

Tal vez algo de afecto paterno hizo falta, es igual e indiferente la causa de esa necesidad de afecto y reconocimiento. Lo importante es acceder a tus recursos, porque al final es incorrecto hablar de que tuvimos alguna carencia, pues siempre y en cada momento tenemos acceso a nuestro potencial, a nuestros recursos.

Claro que la afectividad saludable de otros nos podría ayudar a ser más estables, pero la estabilidad última reside en nuestro interior, es un recurso intocable, nada lo puede estropear, solo tú tienes acceso a esa caja de herramientas, de riqueza y de amor.

Para empezar a liberar ese potencial, proporcionalmente hay que dejar de huir, ver las cosas y la vida a la cara, y hacer de las experiencias una vivencia.

Así que más que culpar o quedarte en el exterior, lo que sí puedes cambiar, siempre y en todo momento, es lo que ocurre en el interior. Ese será tu mayor recurso, desde donde emana una vitalidad, un amor e inteligencia inagotables.

SÍNTOMAS DE ADULTEZ

Hay una evolución desde la niñez hasta la adultez, pasando por la adolescencia. Pero creo que el verdadero salto se da desde la niñez hasta ser un adulto pleno.

No es fácil dejar a un lado a ese niño que correteaba por ahí, con sueños e ideas magníficas de la realidad. A veces quise rechazar a ese niño, lo veía como el impedimento al desarrollo, al despertar de la plena adultez.

Durante un tiempo me debatí en esa ambivalencia, de si seguir con la ilusión de aquel niño que sucumbía en su intento de ser adulto, o si negar el designio del devenir de la vida, y vivir bajo la candidez y yugo de aquel niño inocente, alegre, ilusionado e inmaduro.

Un pequeño gesto entre picardía, alivio, y maestría, se hizo ver en mi rostro hoy, al entender y sentir que ese niño alegre e ilusionado por las cosas tontas de la vida, caminaba de la mano con un ser adaptado a la vida adulta.

Supongo que es la imagen del niño alegre y risueño, que muestra a su compañero de viaje los colores de la mañana, mientras el ser adulto contempla quien fue algún día, y al cual no tiene por qué renunciar en su camino hacia el horizonte de desarrollo humano.

El hijo que camina de la mano de un padre, la ley de vida, donde se aprende el salto de un peldaño a otro, y cuando no hubo padre, tocó aprenderlo por uno mismo.

El salto de una niñez que no llegó a completarse en su desarrollo hereditario, la superación del romanticismo ingenuo, hasta llegar a la construcción de la imagen en la que se completa la actualización de la vida del sujeto presente.

TU MIRADA AL DESPEDIRNOS

Aquel día tu mirada al despedirnos me conmovió especialmente. Estaba cerrando la puerta y nos miramos fijamente en un sentimiento de amor.

Haces cosas que son una revelación para mí, me haces descubrir nuevas dimensiones del ser, sólo con un gesto o mirada. A veces tengo la impresión que sabes exactamente lo que necesitas, así como yo he aprendido a descubrir lo que te hace falta.

Cuando estamos entre la gente y todos se desviven por ti, me invitas, con tu mirada tierna y decidida, a participar de ese espacio de amor que se genera a tu alrededor. Por eso sabes lo que necesito, porque eres el ser que me ha enseñado a abrirme como nunca, a formar parte de algo.

Siempre he vivido como un alma libre y difícil de domar, y como una persona que tiende a la introspección. Tú me ayudas a conquistarlo todo, lo de dentro, y lo de fuera. Un mundo de emociones y buenas experiencias renacen en mi con tu presencia. Ahora empiezo a vivir más desde el presente.

Me gusta mirar hacia el futuro para proyectar la vida que quiero vivir, pero es cierto que ahora disfruto más del presente. A querer conquistar todo el espacio que me rodea. Me haces ver ·

todo más fresco y lleno de potencial, tal y como en realidad son las cosas.

Tu mirada es para mí el reflejo del trabajo que empezamos juntos, y que espero que nos lleve a descubrir cosas maravillosas de la vida, de esta, y de otras. Tienes un poder sobrenatural, porque eres capaz de cambiar el curso de los acontecimientos. Tus miradas son como un sello donde se cristalizan nuestros lazos. Tus gestos son profundamente firmes y con un grado de profundidad, que me hacen ver la vida desde lo más cerca, en primera fila.

Lo material siempre me pareció muy impermanente, y por eso no estaba muy interesado en coger algo que se fuera ir de las manos tarde o temprano, y de alguna manera aún tengo algo de ese sentimiento o entendimiento. Pero también es cierto que conquistar el mundo material es parte del logro de una persona.

El hecho de sentirme proveedor me hace sentir fuerte, pues conquistar la materialidad puede ser también una expresión del amor. Conquistas y ofreces el terreno y los tesoros conquistados. Hablo de terrenos físicos, pero también de espacios o dimensiones internas. Conquistas esos espacios de funcionamiento que te muestran diversas posibilidades.

Y das todo eso que ganas, lo ofreces en un gesto de entrega y amor, a la vez que observas tu cualidad como ser impermanente. Bueno claro, guarda un poco para llegar a fin de mes. Hablo de la buena administración de los recursos, sean materiales o espirituales, consumir con mesura o despilfarro, pero sin dejar desprotegido a quienes necesitan de ti.

Ese amor que me das, hace que pueda conquistarlo todo sin miedo. Siempre he intentado vivir sin miedo, y creo que en cierta medida lo he conseguido. Ahora me inspiras a conquistar nuevas cosas, porque también es parte de mi responsabilidad para contigo.

Así como me inspiras a conquistar nuevas cosas, así mismo me invitas a participar dentro de tu circulo de amor, el cual me enseña a funcionar mejor dentro de la relación humana. Tampoco es que se me haya dado tan mal congeniar con la gente, pero sí es cierto que desde los dieciocho años, me he dedicado a cultivar más cosas internas y a conocer cómo funcionamos desde dentro.

Aun me queda por aprender mucho, pero sin tener falsa modestia, puedo decir que he creado el suficiente espacio interno como para poner un gran castillo sobre el terreno. Y ese castillo es para ti, ahora me toca aprender, que eso que parece como externo o del mundo material, no es más que un reflejo de lo interno.

Bruna, juntos descubriremos que lo interno y lo externo, son parte de un mismo fenómeno, no es más que una proyección que experimentamos desde diferentes dimensiones. El espacio es la base, y lo que pongamos en éste es parte de su riqueza.

Si aprendemos a conciliar el mundo interior con el exterior, seremos capaces de conquistarlo todo, solo hay que estar atentos a lo que sea que ocurre, así habrá una adecuada sintonía entre lo que pensamos y lo que hacemos.

UN NUEVO COMIENZO

Bruna, al verte reír veo pureza, me hace pensar que una niña es un nuevo empezar, bien sea para un padre o para el universo. La posibilidad que una nueva vida empiece es como una redención, es una nueva posibilidad que el universo te muestra.

En esa nueva posibilidad hay encuentro y desencuentros, hay amor y hay dolor, pero desde luego no es algo que te deja indiferente. Quizá para un padre es una forma superior de aprendizaje, pero también para la vida universal siempre es un nuevo despertar.

Esa flor que se abre hay que cuidarla, quizá es una nueva especie con nuevas ideas y nuevas formas, hay que proteger su identidad propia, hay que dejarla crecer con aires de libertad ¿Cómo saber lo que algo tiene para mostrar, si no se le deja espacio para expresarse?

En ese momento que creemos haber aprendido todo, viene esa nueva vida y te lo desmonta todo, y menos mal, qué bueno cuando algo anticuado e inútil es desmontado, engrasado y vuelto a poner en marcha.

Me refiero a los viejos y oxidados hábitos, esos que hay que mirarlos para ver hasta qué punto son útiles o no. Ese nuevo comienzo que es una hija, es una posibilidad de redención y evolución.

Va más allá de los sentimientos, creo que apunta directamente a un aprendizaje superior de la especie. Merece la pena rendirse a ese nuevo despertar de una vida, que al final acaba siendo también la ocasión para el despertar de los que rodean a ese nuevo ser.

UNA DEFINICIÓN DE ESPECIE

Al ver un niño tierno en el tren, me recordó a ti. Se me hace difícil pensar que sea únicamente una característica física lo que defina una especie.

La niñez es en sí una especie dentro de la nuestra, o quizás una con su propia línea temporal y evolutiva. Ver esa candidez en la infancia me hace amarte aún más.

Pone en jaque todo el significado de la herencia y la línea de la vida. La niñez es una posibilidad con la que contamos para hacer trascender la especie.

Hay que heredar lo que en realidad valga la pena, y dejar paso a las nuevas formas que brinda esa sangre fresca. Ya hay demasiada espesura en la sangre de un viejo sabio, hacen faltan pasos más ligeros para que los seres sigan evolucionando.

No es una renuncia al aprendizaje de la historia, pero tampoco el apego a la idea romántica de viejos tiempos ya pasados.

ÍNDICE

ESTA
PRIMERA
EDICIÓN DE *CAR-
TAS A BRUNA*, DE
EDGAR ARGENIS COLMENARES
QUINTERO, HA SIDO IMPRESA CON
PAPEL AHUESADO, DE 80 GRAMOS.
SE HA UTILIZADO LA TIPOGRAFÍA
GARAMOND PRO. SE TERMINÓ DE
IMPRIMIR EN REPROGRÁFICAS
MALPE, EN GETAFE (MADRID),
EN EL MES DE ABRIL DEL
AÑO 2024.